FEUILLES D'AUTOMNE

PAR

C. SPITZMULLER

F. ROUFF Éditeur PARIS

Feuilles d'Automne

par

Georges SPITZMULLER

PREMIERE PARTIE

FLEURS DU PASSÉ

I

UN HÉRITAGE

Ce matin-là, l'étude de M⁰ Rambossel, notaire à Dijon, rue des Godrans, était calme comme d'habitude. En général, les études de notaire sont toujours calmes en province. Ce n'est pas comme à Paris où les clients affluent littéralement dans l'antichambre et autour des tables des clercs occupés à consulter ou à écrire.

En fait de clercs, M⁰ Rambossel en avait deux : l'un qui se parait pompeusement du titre de « principal », l'autre qui faisait les courses de l'étude et même celles de Madame.

Le premier rédigeait les actes et recevait parfois les clients en l'absence du patron, ce qui était rare,

F. ROUFF, EDITEUR. — 1927

Mᵉ Rambossel étant très casanier et ne sortant que quand ses obligations professionnelles l'y obligeaient.

Le second admirait beaucoup le « principal » qu'il jugeait un homme supérieur. Il approuvait toutes ses paroles, tous ses gestes d'un : « Oui, monsieur » respectueux.

Quant au notaire, quinquagénaire replet et chauve comme une pomme d'escalier, c'était un brave homme tout à fait digne de la considération dont l'entouraient ses concitoyens dijonnais.

Son étude était prospère. Il la menait avec une parfaite honnêteté, et personne n'avait jamais eu à se plaindre de lui.

Sur le coup de dix heures et demie, il entra dans le bureau de l'étude, contigu à son cabinet.

— Martinet, dit-il au principal, quels sont les rendez-vous que j'ai pour aujourd'hui?...

Le premier clerc consulta un agenda et répondit:

— Vous n'en avez qu'un, monsieur... un seul.

— Avec M. l'avocat Gaëtan Darnouville?

— C'est bien cela, pour la succession de son oncle.

— A quelle heure?...

— On l'a convoqué pour dix heures et demie.

Le notaire jeta un coup d'œil à la pendule.

— M. Darnouville sera exact, je le connais... Vous avez le dossier de cet héritage?

— Oui, monsieur, le voici... Oh! il n'est pas très compliqué, sourit Martinet en le remettant au notaire.

— Evidemment, dit celui-ci... mais il comporte tout de même une clause originale... et assez imprévue

— Ah! oui, le délai pour l'envoi en possession.

— C'est la première fois que je vois ça, conclut le principal... Il y a encore d'autres papiers pour M. Gétan Darnouvile, une liasse composée de plusieurs enveloppes.

— Je les prendrai tout à l'heure.

M⁰ Rambossel se tourna vers le petit clerc, occupé à nettoyer un encrier et des plumes.

— Julot, dit-il, dès que M. Darnouville viendra, fais-le entrer auprès de moi.

— Bien, monsieur, répondit Julot.

Et M⁰ Rambossel, emportant le dossier, passa dans son cabinet dont il referma sur lui la porte capitonnée.

La pièce était sévère, meublée dans le style affreux du second Emprie. Elle donnait sur un jardin dont le décor fleuri de ce beau mois de juillet atténuait l'austérité voulue du local. Par la fenêtre ouverte entraient des parfums et de la lumière.

Le notaire alla fermer cette fenêtre pour assurer contre toute indiscrétion l'entretien qu'il devait avoir avec celui qu'il attendait.

Il s'assit ensuite à son bureau, ouvrit le dossier, le feuilleta. Ce dossier ne contenait que quelques lettres — dont une scellée à la cire rouge — et un inventaire financier.

M⁰ Rambossel parcourut ces quelques documents d'un regard rapide. Il venait, ainsi, de s'en remémorer tous les éléments et pourrait en parler à son client sans avoir recours aux souvenirs de Martinet.

C'était un peu de mise en scène à quoi se livrait là le tabellion de Dijon.

Mais, de la mise en scène, qui n'en fait pas dans la vie?

II

L'HÉRITIER

Le timbre de la porte d'entrée vibra. D'un coup d'œil oblique, Julot regarda par la fenêtre.

— C'est M. Darnouville, dit-il à Martinet.

— Va ouvrir, et introduis-le chez le patron.

Quelques instants plus tard, le visiteur pénétrait auprès du notaire.

Gaëtan Darnouville était vraiment très bien. Grand et beau garçon de vingt-cinq ans, vêtu avec une irréprochable élégance, il apparaissait distingué et sympathique.

Il salua M⁰ Rambossel qui lui tendait la main.

— Bonjour, mon cher maître!

— Bonjour, cher monsieur. Vous avez bien reçu ma convocation, je vois.

— Oui, maître, suis-je exact?

— A rendre jaloux les meilleurs chronomètres!

M⁰ Rambossel rit complaisamment de sa boutade, et Gaëtan Darnouville s'associa à sa gaieté.

Puis, le notaire devint grave. On allait parler maintenant de choses sérieuses.

— Mon cher monsieur, commença-t-il après s'être assis et avoir fait asseoir son visiteur, vous connaissez l'objet de ma convocation.

— L'héritage de mon oncle et parrain d'Evreux.

— Comme j'ai eu l'honneur de vous l'écrire. Mais vous ignorez en quoi consiste cet héritage. C'est pourquoi je vous ai prié de venir, à la date fixée par le testateur lui-même, pour prendre connaissance de ses dispositions.

Le ton de M⁰ Rambossel devenait important et mystérieux, ainsi qu'il convient en pareille matière.

— Voici, dit-il en prenant sur son bureau la grande enveloppe scellée d'un imposant cachet de cire rouge... Je vais ouvrir ce pli devant vous, mon cher monsieur Dernouville.

Et, avec un sourire :

— Oh! je sais par avance ce qu'il contient. Mon client et ami, votre excellent oncle et parrain, m'avait informé, *grosso modo*, de ses dispositions testamentaires. Le détail est là-dedans; mais il ne modifiera pas l'ensemble et je puis vous assurer, vous garantir une heureuse surprise.

Le notaire allait ouvrir le pli. Gaëtan l'arrêta.

— Un mot auparavant, mon cher maître, si vous le permettez?

— Je permets de grand cœur, cher monsieur.

— Mon oncle est mort voici un an...

— Exactement.

— Comment se fait-il?...

— Qu'on ait attendu?... Votre question est toute naturelle et ne m'étonne pas.. Je vous l'ai dit, il y avait une date fixée.

— J'entends... mais de quelle façon a été déterminée cette date qui échoit aujourd'hui?

— Comment l'entendez-vous?

— Oui... Est-ce une simple fantaisie de mon oncle, ou a-t-il obéi à des considérations...

— C'est bien cela, monsieur Gaëtan; et si vous ne m'aviez questionné, je vous en aurais instruit de moi-même...

Et le tabellion, jouant négligemment avec le

coupe-papier qui allait faire office d'ouvre-lettre, ajouta posément :

— La date était un peu — je dis : un peu — laissée à ma discrétion, voilà la vérité.

— Ah! fit Darnouville avec un geste de surprise.

M° Rambossel poursuivit :

— Voici... Votre oncle, qui vous connaissait peu, m'avait, tout en fixant ce délai d'une année, laissé la latitude de le prolonger, si besoin en était.

« Et je m'explique...

« Mais au fait, pourquoi chercher les mots et s'empêtrer dans des périphrases? Il m'a dit : « Vous communiquerez mon testament à mon neveu et filleul un an après ma mort... s'il est digne toutefois d'être mon héritier! »

Darnouville sourit :

— De sorte que, dit-il, c'est votre appréciation personnelle qui a fait loi ici? Uniquement?

— En effet.

— Et si je n'avais pas été digne...

— J'attendais un an de plus; c'était parfaitement stipulé.

Gaëtan s'inclina :

— Alors, mon cher maître, je m'estime très flatté d'avoir eu l'heur d'obtenir votre suffrage!

Il y avait un peu de persiflage dans la réponse du jeune homme. L'officier ministériel en ressentit nettement l'ironie.

Mais il ne se fâcha point. Au contraire, il paraissait enchanté et c'est d'un ton amène qu'il prononça :

— Vous pouvez en être flatté, car, à mon avis, vous êtes digne — employons le mot — de recevoir l'importante succession qui va vous échoir...

« J'avais une mission à remplir, — une mission
de confiance.

« Je l'ai scrupuleusement remplie... et vous
sortez de l'épreuve tout à votre honneur...

« Pendant un an, je vous ai suivi, observé...
sans que vous vous en doutiez, bien entendu.

« J'en avais reçu le mandat formel...

« Et j'ai pu constater que votre honorabilité est
parfaite, votre vie privée sans reproche, bref, que
la fortune de votre oncle ne saurait tomber en de
meilleures mains que les vôtres.

— Maître!... murmura Darnouville, ému cette
fois.

— Elle sera fort bien placée; elle ne risquera
pas de sombrer dans de folles dilapidations...

« Vous êtes un homme sérieux, un cœur droit,
loyal et bon... le contraire, en un mot, d'un mauvais prodigue...

« De même que votre jeunesse est restée attachée au devoir, votre vie restera attachée à l'honneur, et vous ferez un noble usage des biens qui
vont devenir vôtres aujourd'hui.

« A présent, cher monsieur, m'en voulez-vous
de ma petite enquête? Dites-le-moi franchement.

Pour toute réponse, Gaëtan se leva et serra,
dans un mouvement spontané, les mains de
M⁰ Rambossel.

Il est toujours agréable de se voir apprécié
comme on le mérite.

Et il aurait fallu avoir le caractère bien mal
fait, une susceptibilité fausse, un culte exagéré du
point d'honneur, pour prendre ombrage de ce
qu'avait fait le digne notaire afin d'obéir à de res-
pectables scrupules.

— Cette enquête, d'ailleurs, continuait-il, n'en a

pas été une au sens préjoratif et étroit du mot. Dans une ville de province, tout le monde se connaît; et il ne m'a pas été difficile de me renseigner avec toute la discrétion que comportaient les circonstances.

Cela dit, le notaire montra la grande enveloppe à l'héritier.

— Vous voyez, dit-il, que le cachet est absolument intact.

Gaëtan protesta d'un geste. M⁰ Rambossel insista :

— Si... si... Il n'y a pas de froissement là-dedans, et tout doit être fait dans les règles.

La tolérance du brave tabellion ne voulait pas être en reste avec celle du jeune homme.

Il ouvrit le pli et en sortit un papier dont il donna lecture, séance tenante.

Résumons ce document, assaisonné de toutes les herbes de la Saint-Jean juridique et basochienne, en disant simplement que Gaëtan Darnouville héritait d'une somme d'un million, en chiffres ronds, sans aucune charge en déduction de ce capital.

— Voilà! dit M⁰ Rambossel lorsqu'il eut terminé... A présent je suis à votre disposition pour vous remettre les valeurs et vous verser les fonds avec leurs intérêts, car je n'ai eu garde de les laisser improductifs.

Darnouville le remercia, avec une effusion sincère.

— Ajournons à plus tard, cher maître. Cet argent est aussi bien chez vous que chez moi. Il y est même mieux; car, moi, je n'ai pas de coffre-fort!

— Ni de compte en banque?

— Non plus.

— Ça, c'est une raison...

— Il y en a une autre.

— Laquelle?

— C'est que je me suffis à moi-même et que j'entends continuer à travailler comme auparavant.

— Excellente idée. Vos clients ne se consoleraient pas de perdre un avocat aussi habile que vous.

Gaëtan s'inclina.

— Trop aimable!... Donc, jusqu'à nouvel ordre, je ne changerai rien à mon genre de vie... Il me semblerait que ce serait faire injure à la mémoire de l'excellent homme qui me comble... Il n'avait donc pas d'héritier plus proche que moi?

— Il n'avait ni enfants, — étant resté vieux garçon, — ni neveux, ni nièces directs... Un ou deux cousins éloignés, je crois, qu'il n'a jamais vus. Vous étiez donc tout désigné.

Et M⁰ Rambossel ajouta, avec une bonhomie souriante :

— Votre parrain, d'ailleurs, a toujours pris sa fonction très au sérieux. Il considérait cette fonction vis-à-vis de son filleul comme une véritable adoption, selon la loi liturgique confirmée par Justinien... mais vous savez tout cela aussi bien que moi!

Le jeune avocat se levait pour prendre congé du notaire.

— Alors, quand vous verrai-je?... interrogea ce dernier.

Gaëtan Darnouville eut un geste évasif et répondit :

— Un de ces jours... Les vacances judiciaires

vont s'ouvrir. Je compte aller faire un tour à Paris. Mais je viendrai vous saluer avant mon départ.

— Et toucher vos intérêts échus!

— Comme vous voudrez.

Le notaire ajouta :

— Maintenant, je vais vous remettre divers papiers d'affaires qui étaient restés en dépôt à l'étude. Je préfère que vous les emportiez. Ils vous appartiennent, non à moi.

Me Rambossel quitta le cabinet et revint presque aussitôt avec une liasse assez volumineuse, qu'il remit à Gaëtan.

Et ce dernier s'en alla, après une dernière poignée de main.

Il était entré ici modeste défenseur de la veuve et de l'orphelin. Il en sortait millionnaire.

Et malgré tout le sang-froid que lui conférait son bon sens rassis et bien équilibré, il en éprouvait un peu de vertige, — mais aucun orgueil!

III

LA LETTRE

Gaëtan Darnouville rentra chez lui à pas lents...

Si sa nouvelle fortune le rendait heureux, elle ne lui tournait nullement la cervelle.

Il restait calme et simple, selon sa nature et suivant ses goûts. De changer il n'avait nulle envie.

Il habitait une vieille maison du vieux Dijon, à l'ombre de l'église Sainte-Bénigne, dans un quartier paisible et pittoresque, tout ouaté de silence.

Lorsqu'il rentra dans son petit cabinet de travail, l'horizon, tout de même, lui parut borné et étroit.

Il jeta un coup d'œil distrait aux pandectes et au Dalloz qui garnissaient les rayons de sa bibliothèque, et s'assit, rêveur.

Pourtant, non... ce n'était pas un songe!...

Ce qui lui arrivait était bel et bien la réalité.

Réalité dorée et pleine de promesses magnifiques :

Un million... Il possédait un million maintenant...

Tout à coup, un rire joyeux coupa sa rêverie.

— Heureusement, s'amusa-t-il, que tout le monde l'ignore encore... Sans cela, que de visiteurs à ma porte, déjà, les uns pour me féliciter, les autres pour me proposer de mirifiques affaires à exploiter, des inventions à lancer, des entreprises en commandite!

Puis, avec un geste insoucieux :

— Bah! nous verrons bien!

Gaëtan alluma une cigarette puis se mit en devoir de défaire la liasse que le notaire venait de lui donner tout à l'heure à l'étude.

Aucun sentiment de vulgaire curiosité ne l'y poussait; seulement, il fallait bien savoir ce qu'il y avait dans ces papiers.

C'étaient des mémoires d'affaires, — son oncle était banquier, — des projets de traités, des bordereaux, bref un tas de paperasses ne présentant pour lui guère d'intérêt.

Alors en dépouillant ces choses du passé, Gaëtan se rappela une autre circonstance de sa vie, très triste, celle-là...

C'était le jour où, mineur émancipé à dix-huit

ans parce qu'orphelin prématuré, hélas! il avait fait l'inventaire des papiers laissés par son père, — ce père veuf de bonne heure, qui n'avait gardé que lui au monde pour pleurer ensemble une femme, une mère tendrement aimée!

Comme à cette époque douloureuse, Gaëtan Darnouville compulsait des papiers qu'il ne connaissait pas.

Mais ceux-ci, du moins, dans leur banalité même, se teintaient aussi d'indifférence...

L'inventaire en fut très rapidement terminé.

Il n'y avait, de tout cela, vraiment rien à retenir.

Mais, d'une dernière chemise jaunie renfermant un dossier pareil aux autres, une lettre tomba sur le bureau de Gaëtan.

Une lettre fermée, cachetée de gris, avec cette adresse :

Mlle Véronique CHANTEROY,
27, rue de l'Ancienne-Comédie,

Paris.

L'adresse était de la main de son oncle. Gaëtan connaissait bien cette grosse écriture, nette, ferme et volontaire du testament.

Avec surprise, il examina la lettre destinée à cette Véronique Chanteroy qu'il ne connaissait pas, dont il n'avait jamais entendu parler.

Elle devait être assez ancienne, cette lettre, à en juger à la teinte un peu fanée du papier, — un papier vergé dont c'était autrefois la mode.

Mais de quand?... Et pourquoi était-elle là?...

Gaëtan Darnouville se perdait en suppositions, en conjonctures.

Il finit par adopter l'hypothèse la plus vraisemblable; la lettre, ayant glissé avec d'autres papiers, avait passé inaperçue dans ce dossier où elle était restée depuis lors.

Peut-être son parrain l'avait-il cherchée sans la retrouver, et ensuite écrite une seconde fois?

C'était possible...

Ou avait-il cru l'avoir mise à la poste avec d'autres, dans son habituel courrier du jour?

Possible encore...

Toutes les suppositions étaient permises.

En tous cas, cette lettre était là... et Gaëtan se dit qu'il devait la faire parvenir à sa destinataire, cette demoiselle Véronique Chanteroy, qui l'avait attendue longtemps et peut-être l'attendait encore depuis nombre d'années.

Quand il ressortit, il alla la porter à la poste centrale; et, pour être sûr qu'elle arrive, il la recommanda.

— De cette façon, pensa-t-il, l'oubli de mon oncle sera réparé. Je regrette seulement de ne l'avoir pu faire plus tôt.

Et il pensa que l'excellent homme, s'il le voyait du séjour des élus où il devait certainement avoir sa place, serait content de lui.

*
* *

Plusieurs jours s'écoulèrent.

Les vacances judiciaires venaient de commencer. Gaëtan se préparait à partir pour Paris, comme il l'avait annoncé à M⁰ Rambossel.

Il n'y était pas retourné depuis la fin de ses études de droit, et il se réjouissait à l'idée de revoir le Quartier-Latin, de retrouver peut-être quelques vieux camarades — vieux! à vingt-cinq ans...

mais le mot est consacré — embusqués dans quelque étude ou attachés au barreau.

D'autres, il le savait, étaient entrés dans la magistrature. Mais ceux-là, s'ils n'étaient pas encore pourvus d'un poste dans la capitale, pouvaient y revenir passer leurs vacances.

Paris attire toujours ceux qui y ont été étudiants.

Le matin de son départ, le facteur apporta une lettre à Gaëtan.

— Lettre tombée au rebut, monsieur Darnouville, lui annonça-t-il en lui remettant un pli couvert de cachets.

C'était la missive adressée à « Mlle Véronique Chanteroy, 27, rue de l'Ancienne-Comédie ».

Elle portait la menton marquée à la griffe postale :

Retour à l'envoyeur. Destinataire inconnu.

— C'est bien, mon ami, dit Gaëtan au facteur.

Il mit la lettre dans son portefeuille, après avoir signé la décharge sur le registre.

Il se promettait d'aller lui-même, rue de l'Ancienne-Comédie, et de se renseigner là-bas, personnellement.

Peut-être obtiendrait-il un meilleur résultat que l'Administration des Postes?

Et cette recherche l'occuperait, lui ferait voir des quartiers inconnus... — inconnus comme cette demoiselle Véronique Chanteroy.

Alors il pensa à cette dernière, essaya de l'évoquer...

Il se la représentait sous la forme d'une vieille fille de quarante-cinq à cinquante ans, qui avait été — qui sait? — le béguin de son oncle. .

Jolie peut-être... autrefois?

En réfléchissant à cela, Gaëtan sentait une curiosité monter en lui... vive... ardente...

Déjà il s'attachait — ainsi qu'à un mystère — à cette piquante aventure. Allait-il s'y passionner?

A midi cinquante-cinq, il partit dans l'express de Paris, tout heureux des bons jours de liberté et de distraction qu'il allait prendre.

Dijon est certes une fort belle ville, et agréable...
Mais Paris!...

IV

L'INCONNUE

« L'homme propose et Dieu dispose... » dit en toutes les langues un proverbe vieux comme le monde.

Gaëtan comptait s'acquitter de sa commission dès son arrivée dans la capitale; mais il l'avait imprudemment annoncé à un ami, un avocat comme lui, Alphonse Berthorel, qui l'attendait à la gare de Lyon.

Berthorel l'invita à dîner, naturellement.

On causa, on évoqua d'anciens souvenirs de l'Ecole de Droit... On parla des chahuts, des monômes...

Et surtout, on prit des rendez-vous pour le lendemain et pour les jours suivants. Ce fut tout un programme.

Une occasion en amène une autre : des camarades furent retrouvés; on fêta le retour du provincial

Bref, une semaine passa ainsi, très remplie et joyeuse...

Un soir, en rentrant à son hôtel, place Boïeldieu, près de l'Opéra-Comique, Darnouville retrouva dans sa poche la fameuse lettre, à laquelle il ne pensait plus. Elle était complètement sortie de sa mémoire.

— J'irai demain, se promit-il, — sans faute : la négligence doit avoir des limites, tout de même...

Le lendemain matin, en effet, de bonne heure, le jeune avocat se trouvait devant le numéro 27 de la rue de l'Ancienne-Comédie non loin du boulevard Saint-Germain.

Une pluie assez forte tombait depuis le début de la journée.

Il entra dans la loge et s'adressa à la concierge.

— Mlle Véronique Chanteroy?... demanda-t-il.

— Vous dites, monsieur?

— Mlle Chanteroy?

— Chanteroy?... Ça n'existe pas! répliqua la femme, sans aménité, mais avec précision.

— Comment, ça n'existe pas? répéta Gaëtan vexé de ce ton rogue.

— Pas dans la maison, je veux dire. Non, monsieur, nous n'avons pas ça ici. Je le sais bien, parbleu!

— La Poste avait raison!... pensa Darnouville.

Mais il ne se donnait quand même pas pour battu.

Il ne se contentait pas d'affirmations aussi sommaire.

Et il poursuivit avec son plus engageant sourire :

— Cette personne a peut-être déménagé, madame?.

— Ce n'est pas d'hier en tous les cas, mon bon monsieur, fit la concierge un peu plus affable.

— Il y a longtemps que vous êtes dans la maison, madame?

— Quinze ans... Ça fait déjà un bail... Et j'ai

Voyez que le cachet est intact. (p. 8.)

beau me *tirlipituliser la cervelle*, je ne me rappelle pas qu'une de mes locataires ait porté ce nom de Gueule-de-Roi.

— Chanteroy... rectifia doucement le jeune homme.

— Chanteroy, si vous voulez. C'est une fausse adresse, monsieur, sûrement... Ça arrive, vous savez.

Darnouville remercia et quitta la loge. Mais il se ravisa.

— Madame... Et la concierge qui tenait la maison avant vous?... Si vous pouviez m'indiquer où elle demeure... Elle aurait peut-être...

— Elle est morte!

C'éait péremptoire et définitif.

Gaëtan s'en alla, passablement désappointé.

Sur le pas de la porte d'entrée, un coup de vent lui ouvrit son parapluie, le retournant presque.

L'averse faisait rage...

En voulant retenir l'ustensile protecteur, l'avocat laissa échapper de sa main la lettre qu'elle tenait encore et qui tomba dans le ruisseau.

Il la ramassa, toute maculée d'eau et de boue.

Décidément, cette pauvre **missive** n'avait pas de chance!

La destinataire restait introuvable; et si d'aventure Gaëtan la découvrait, comment lui présenter sa lettre dans un pareil état?

Il rentra sous le porche pour l'essuyer, la sécher du mieux qu'il put avec son mouchoir; mais l'enveloppe n'était plus qu'un chiffon sale et déformé.

— Après tout, se dit l'avocat, qu'y puis-je?

La concierge était sortie et le regardait procéder à son nettoyage en plein vent.

Elle s'informa, curieuse comme toutes les vieilles femmes :

— C'était-y donc pour cette demoiselle Vive-le-Roi?

— Chanteroy! Oui, madame, c'était pour elle...

— Ben vrai, mon pauvre monsieur, vous n'avez pas de veine!...

— Je m'en aperçois!

— Mais, plus je réfléchis, plus je me dis que

nous n'avons jamais eu ça ici... Vous pourriez peut-être voir au 37, des fois... Qui sait? une erreur de numéro, ça arrive.

— *Et les lettres n'arrivent pas!* plaisanta Gaëtan.

Toutefois, il suivit le conseil de la bonne femme et alla au 37, puis au 47, avec le même résultat négatif.

La pluie cessait. Un rayon de soleil, filtrant à travers les nuages, semblait narguer Darnouville.

— Ma foi, se dit-il, j'arrête les frais! J'ai fait ce que je devais faire. Inutile de me fatiguer davantage à une recherche sans objet... J'y perdrais toutes mes vacances.

Et il replaça dans son portefeuille la lettre fripée, pour attendre des jours meilleurs.

V

VÉRONIQUE

A son hôtel de la place Boïeldieu, Alphonse Berthorel l'attendait en lisant les journaux au salon.

— Ah! enfin! s'écria-t-il... Te voilà, mon vieux!

Gaëtan sourit.

— Ça t'étonne?

— Je comptais te trouver encore au lit, et tu circules déjà... Tu es diantrement matineux!

— Habitude provinciale, mon cher... Mais, si je suis matineux, toi tu es bien pressé, par exemple!

— Je t'emmène.

— Où?... à la campagne?...

— Justement.

— C'est que...

— Quoi?

— Je sors d'en prendre!... J'arrive du département de la Côte-d'Or pour passer quelques jours à Paris et non dans la banlieue ou la grande banlieue.

Berthorel eut un geste rassurant.

— Tranquillise-toi, mon cher, nous n'irons pas loin.

— A quel endroit?

— Au Pré-Catelan.

— Mais c'est là qu'on se bat en duel, il me semble?

— On y a aussi monté un délicieux théâtre de verdure où l'on joue cet après-midi une pièce d'un de mes amis... Y viens-tu, oui ou non?

— Va pour le Pré-Catelan! décida Gaëtan qui n'avait pour sa journée aucune obligation définie.

Et les voilà partis d'abord déjeuner dans un restaurant voisin.

Le temps s'était complètement remis. L'après-midi promettait d'être superbe, et Berthorel exultait, car c'était un brave garçon qui s'intéressait à ce que faisaient ses amis, à l'encontre de tant d'autres qui ne s'ingénient qu'à les débiner ou à leur emprunter de l'argent.

★★★

Au Pré-Catelan, une véritable représentation était organisée, non avec des amateurs, mais avec de vrais artistes, des professionnels qui voulaient bien prêter leur concours à l'œuvre d'un jeune.

C'est du moins ce qu'on disait parmi les gens bien informés.

Ce « jeune » lui-même était pourtant assez antipathique.

Fils d'un richissime industriel de Boulogne, — pièces détachées, petit outillage, — Anatole Gris-Lambert se croyait du talent.

Il n'avait malheureusement que des prétentions.

Mais comme ces prétentions s'érigeaient sur la base solide de la fortune paternelle, on s'inclinait et on admirait le jeune auteur, avec conviction.

Ainsi va le monde; ainsi se cuisinent certaines renommées par la complaisance et le battage.

La pièce qu'Anatole Gris-Lambert faisait représenter était une imitation du théâtre italien, une pièce de Goldoni.

Il est plus facile d'imiter, d'adapter, que de créer et tirer une œuvre de son propre fonds.

Cela n'empêche pas que l'auteur s'était fait aider par un vieux dramaturge de ses amis, qui restait modestement dans la coulisse pour passer à Anatole tout le succès et tous les applaudissements... et aussi pour lui laisser à lui tout seul la responsabilité d'un insuccès si les choses tournaient mal.

Il y avait foule, dès deux heures, au théâtre de verdure du Pré-Catelan.

Cependant, le spectacle n'était annoncé que pour trois heures.

— Nous avons le temps d'attendre!... dit Gaëtan à Alphonse avec une pointe d'humeur.

— Plains-toi! Tu as tout un parterre de jolies bientôt auprès de Berthorel et de Darnouville.

— Ça, c'est vrai, je le reconnais et le proclame.

En effet, nombreuses étaient les beautés et les toilettes; et Darnouville avait de quoi se « rincer l'œil », comme certains disent dans le langage élégant du siècle.

De ci, de là, on voyait courir Anatole Gris-Lambert, extrêmement affairé, rouge, cramoisi, s'essuyant le front, soufflant comme un phoque.

Il plaçait les dames, faisait des grâces, se dépensait, donnait du volume, et recevait, pénétré, des poignées de mains et des félicitations anticipées.

Anatole était, en ce moment, un homme fort occupé... et le point de mire de tous les regards.

Les hasards de ses pérégrinations l'amenèrent bientôt auprès de Berthorel et de Daronuville.

Ce dernier fut présenté. Poignée de mains brève, puis départ en vitesse de l'auteur, car la représentation allait commencer.

L'heure grave sonnait...

— Comment le trouves-tu? demanda Alphonse à Gaëtan.

— Quelconque...

— Il n'est pas si mal que ça, tout de même.

— Il n'est pas si bien non plus, avoue-le!...

Alphonse concéda :

— Mon Dieu, ce n'est pas un Adonis avec son crâne complètement chauve et ses yeux légèrement divergents... Je te l'accorde.

— Ce n'est pas cela que je lui reproche!

— Quoi alors?

— C'est sa pose, sa morgue!... Insupportable, ce garçon-là. Il pose comme un personnage sur qui le monde entier aurait les yeux fixés. Il se monte lui-même en épingle.

— Oui, il manque peut-être de spontanéité et de liant, il regarde un peu les gens de haut quand il ne les connaît pas... Que veux-tu? Il est millionnaire!

— Moi aussi, pensa Gaëtan, qui s'étonnait de

la sympathie donnée par Alphonse à Gris-Lambert.

Mais il savait aussi qu'à Paris les amitiés sont souvent superficielles. On pardonne beaucoup aux gens qui réussissent, qui sont riches et ont le moyen de recevoir... A ceux-là tout est permis.

Or, Anatole recevait ici — et avec faste, — c'était à constater.

*
* *

La représentation commença au milieu d'un silence attentif.

Le premier acte fut applaudi par l'élégant auditoire.

Pendant l'entr'acte, Gaëtan remarqua qu'Anatole allait causer, sur un ton d'animation familière, avec deux dames, la mère et la fille, visiblement.

Cette dernière était d'une beauté remarquable et mise avec une sobriété de bon ton qui contrastait heureusement avec les toilettes tapageuses qui l'entouraient.

— Quelle est cette jeune fille? demanda Gaëtan à Berthorel.

— C'est la fiancée d'Anatole Gris-Lambert.

Gaëtan sursauta.

— Hein!

— Ça t'étonne?

— Un peu...

— Pourquoi?

— C'est dommage... pour elle! dit l'avocat, ironique.

Courtoisement, mais sincèrement, Alphonse protesta.

— Je ne suis pas de ton avis... Et, la preuve, c'est qu'il l'épouse sans dot, uniquement pour ses beaux yeux, et aussi pour ses qualités, qu'on déclare éminentes.

— Le nom de la future Mme Anatole Gris-Lambert?

— Véronique Chanteroy.

— Hein!... fit encore Darnouville, abasourdi.

Mais l'exclamation passa inaperçue de Berthorel, tout au début du second acte, qui venait de commencer après un court prélude de musique exécuté par des instruments anciens.

Pendant qu'en scène le traître exprimait son monstrueux amour pour l'ingénue, devant la duègne complice et le père noble ligoté, Gaëtan considérait la fiancée d'Anatole.

Ah! ce qui se passait sur le théâtre ne l'intéressait guère à présent... Il en était bien loin!

Car il n'avait d'yeux que pour Mlle Véronique Chanteroy. Et son admiration égalait au moins son étonnement.

Quoi! c'était cette charmante jeune fille que son oncle avait connue... c'était cette merveille de beauté, ce miracle de grâce et de jeunesse?

Gaëtan n'en revenait pas...

Et lui qui avait compté se trouver en présence d'une antique disciple de Sainte-Catherine!

Darnouville ne savait que penser...

Il se promit d'interroger son ami, dès la fin de l'acte.

Le deuxième acte avait été languissant. Néanmoins, l'assistance fit un succès à l'auteur, qui se promettait un triomphe pour l'acte final.

L'avocat s'adressa à son ami dès que le silence fut rétabli :

— Dis donc, mon cher Alphonse...

— N'est-ce pas qu'elle est bien?

— Admirable!

— Une finesse d'expression...

— Parfaite!

— Et beaucoup d'énergie dans la réplique.

— Qui ça, mademoiselle Chanteroy?

— Eh! non, je te parle de la pièce!

Ils rirent tous deux du quiproquo, et Darnouville put ensuite se renseigner sans erreur sur la fiancée d'Anatole.

Il apprit qu'elle demeurait à Paris, avenue de Villiers.

Elle habitait là un modeste, mais gentil appartement, avec sa mère, veuve d'un officier supérieur mort aux colonies.

L'histoire des fiançailles d'Anatole avec Véronique était tout un roman qu'Alphonse conta à son camarade.

La jeune fille ne possédait pas de fortune... Sa mère non plus.

Elles n'avaient pour vivre, toutes deux, que la maigre pension reversée sur leur tête à la mort du père.

Courageusement, Véronique avait voulu travailler, pour augmenter un peu le bien-être du ménage, et surtout pour assurer à sa mère, souvent souffrante, les bienfaits du régime dont elle avait besoin.

C'est ainsi qu'elle était entrée en qualité de sténo-dactylographe au bureau de comptabilité des grandes usines Gris-Lambert et Cie — pièces détachées, petit outillage — à Boulogne-sur-Seine.

Mme Chanteroy, en mère prévoyante et sage, avait fait donner à sa fille une instruction pratique. Elles en récoltaient toutes deux, maintenant, le bénéfice.

Outre cette instruction utile, Véronique avait reçu une excellente éducation dans un grand pensionnat.

Elle aurait pu être, à l'occasion, une femme du monde parfaite, capable de tenir avec charme un rang... et un bel intérieur.

A l'usine, elle fut remarquée d'Anatole qui y venait parfois, en amateur, de même qu'en amateur aussi il faisait du théâtre.

Il faut constater, toutefois, à la décharge du fils Gris-Lambert, qu'après avoir remarqué Véronique Chanteroy, il cessa l'amateurisme pour devenir très assidu au travail de l'usine.

Il ne l'était pas moins auprès de la jeune fille, et, comme par hasard, il s'était instauré chef du service de la comptabilité où elle travaillait.

— Un patron doit tout savoir, tout connaître, de A jusqu'à Z, dans sa maison, disait-il très convaincu à son père. Et, comme je serai patron un jour, je veux m'initier à tout... C'est mon devoir, c'est mon rôle.

M. Gris-Lambert père s'empressa d'approuver, enchanté de ce beau zèle si nouveau chez son fils. Celui-ci ajouta :

— Je commence par la comptabilité. Ensuite, je ferai du contentieux et de la direction générale.

— Tout ce que tu voudras, pourvu que tu ne fasses pas de bêtises répondit le fabricant, qui se méfiait un peu des aptitudes de son rejeton.

Car, jusqu'à présent, il n'avait rien fait qui vaille.

Fruit sec au lycée, recalé à ses examens, il était un **raté** dans la vie. Le type achevé du « fils à papa »...

En la voyant tapoter du matin au soir il la trouvait adorable. (p. 28.)

Mais M. Gris-Lambert pensait que cela changerait sans doute avec le temps, avec l'âge...

Son fils, espérait-il, saurait, dès qu'il s'y mettrait, rattraper tout le temps perdu.

Anatole avait trente ans... C'était le moment ou jamais de s'atteler sérieusement au travail.

Le « travail » d'Anatole consistait — ainsi qu'il l'avait réglé lui-même — à dicter des lettres à Mlle Véronique.

En la voyant tapoter du matin au soir sur le clavier de sa machine à écrire, il la trouvait adorable.

Et elle avait une fraîcheur, une distinction... une grâce!... et avec cela, une tenue irréprochable, une modestie qui la rendaient plus ravissante encore.

Bref, il ne tarda pas à en être complètement épris.

Que faire?

Il sentait bien que la jeune fille n'était pas de celles qui courent après les aventures... qui ne cherchent qu'à tomber dans quelque nid confortable et doré.

Elle n'était pas de celles qui se donnent ou se vendent... Lui faire une pareille injure ne viendrait à l'esprit de personne.

La réserve dont elle ne se départissait point imposait la même attitude au fils de l'industriel.

Jamais il n'eût osé manquer au respect qu'il lui devait et dont elle était si absolument digne.

Anatole ne balança pas longtemps. C'était un impulsif.

Il avait le cœur pris... mais avait-il pris celui de Véronique? Là était la question.

Il ne pouvait le savoir qu'en faisant une démarche « pour le bon motif », comme on disait autrefois.

De cette façon, la jeune fille ne pourrait, même si elle repoussait ses avances, lui adresser aucun reproche. Et il serait fixé.

Finalement, Anatole s'en ouvrit à son père.

Celui-ci était une bonne pâte d'homme, porté à l'indulgence et à un certain libéralisme démocratique qui le faisait aimer de ses ouvriers.

Il ne bondit pas trop quand son fils lui parla de ses vues matrimoniales sur la petite dactylo.

— Elle est jolie... admit-il, elle s'habille avec goût.

— Pleine de cœur et d'esprit! ajouta l'inflammable Anatole. Une perle au physique comme au moral.

— Au fait, tu as pu l'apprécier, puisque tu la vois tous les jours travailler à côté de toi.

— Elle serait une femme parfaite, récidiva Anatole.

— Alors, tu veux l'épouser?

— Oui... lâcha-t-il résolument.

Et, intérieurement, — l'auteur dramatique ne perdant pas ses droits, — il se promit de caser dans une pièce ce dialogue si *nature*.

M. Gris-Lambert père réfléchissait...

M. Gris-Lambert fils attendait...

Ce ne fut pas long.

— Au fait, prononça l'industriel... pourquoi pas? Ça me rappellera mon mariage à moi... Ta mère était employée dans la maison où je travaillais comme contremaître... Je n'en rougis pas, au contraire. Je ne renie pas mes origines. Je suis fils de mes œuvres!

Anatole connaissait cette antienne, qui était le dada favori de son papa depuis des années.

Il n'en feignit pas moins de l'écouter avec le plus vif intérêt et prit une mine de circonstance.

Car, en flattant la manie de son père, il le disposait bien en faveur de sa cause à lui... la cause de son amour.

Habile tactique!...

Et cela arriva comme Anatole l'avait espéré...

Le père consentit.

— Seulement, dit-il, tu veux l'épouser mon garçon, c'est entendu... Mais elle... voudra-t-elle de toi?...

L'ingénu Anatole n'avait pas encore pensé à cela...

Il promit à son père de bientôt connaître les intentions de Véronique.

VI

L'ACENSION

Celle-ci, à vrai dire, se doutait un peu de ce qui se passait dans le cœur du soupirant.

Souvent elle avait vu ses regards fixés sur elle.

Et ces regards étaient extrêmement éloquents... trop, même!

Mais elle avait juré de ne s'apercevoir de rien.

Véronique Chanteroy était une jeune fille sage et vertueuse dans toute l'acception du mot.

Elle sacrifiait à deux cultes : sa mère et son devoir familial.

C'était pour sa mère surtout qu'elle avait recherché cette place, qui lui valait quatre cent cinquante francs par mois.

C'était pour rester fidèle à son devoir d'honnête fille qu'elle voulait ignorer les œillades d'Anatole.

Devant cette attitude, ce dernier n'avait pas osé sortir des limites de sa timidité...

Mais maintenant, il fallait aborder de front l'obstacle.

Charmant obstacle, d'ailleurs...

Finie la pusillanimité! Foin des hésitations

sottes qui pourraient le faire passer à côté du bonheur!

Après la confidence qu'il avait faite à son père,
et en raison des espérances qui en résultaient,
Anatole se devait à lui-même de savoir ce que la
jeune fille pensait de lui... comme mari éventuel.

Il fallait faire naître l'occasion, pour l'exploiter
ensuite.

Anatole la combina comme il aurait combiné un
acte de vaudeville.

Le lendemain même du jour où il avait parlé à
son père, il dit négligemment à la dactylographe,
devant les autres employés :

— Mademoiselle, pourriez-vous me consacrer
une heure supplémentaire après la fermeture du
bureau? J'aurais quelques lettres à vous dicter,
qui ne sont pas encore tout à fait prêtes.

— Volontiers, monsieur, répondit la jeune fille.

Les employés partirent.

Anatole feignit toujours de travailler, de s'ap-
pliquer à une correspondance imaginaire.

Il écrivait... réfléchissait... raturait.... recom-
mençait....

Mlle Véronique attendait patiemment sa copie.

A la fin, Gris-Lambert releva la tête et dit, « ex
abrupto » :

— Mademoiselle, je vous ai fait un mensonge,
tout à l'heure!

— Ah! bah!... murmura-t-elle, extrêmement surprise de ces paroles.

— Je n'ai pas du tout de lettres à copier, vous
savez...

Véronique rougit un peu.

Cet aveu inattendu et dénué d'artifice la décon-
certait.

Elle ne savait que penser. Une gêne montait en elle.

Alors, que lui voulait-il, monsieur Anatole?

Elle ne tarda pas à le savoir.

— Pardonnez-moi ce mensonge!... dit-il humblement.

— Mais...

— Oui... pardonnez-le moi... en raison de l'intention...

Véronique baissa la tête... Elle commençait à comprendre...

Un émoi lui venait, avec un peu de colère, car elle trouvait le fils du patron rudement osé!

Et elle se disait qu'elle n'aurait plus qu'à quitter sa place, car elle ne pourrait entendre d'offensantes propositions.

Mais ce n'était pas du tout ce qu'elle croyait.

— Voyez-vous, mademoiselle, poursuit Anatole, je pense que vous feriez une petite femme parfaite.

— Monsieur...

— Idéale...

— Monsieur...

— Sans rivale au monde!

En homme rompu aux ficelles dramatiques, Anatole Gris-Lambert soignait son « crescendo ».

Il cultivait aussi avec maestria l'art des préparations.

Mais il fallait un coup de théâtre — le coup de théâtre nécessaire — pour brusquer le dénouement.

Il était temps... Véronique Chanteroy se levait, ne voulant pas en entendre davantage.

— Brûlons nos vaisseaux! se dit Anatole Gris-Lambert.

Il arrêta d'un geste la jeune fille; et, d'un ton suppliant :

— Ne partez pas avant que j'aie achevé, mademoiselle!... Vous ne pourrez en prendre ombrage... Je voulais vous demander si...

Hésitant, il fit une courte pause. Puis, la voyant près de la porte qu'elle allait ouvrir :

— ... Si vous accepteriez de devenir Madame Gris-Lambert?

— Moi! s'écria la jeune fille en laissant retomber sa main qui saisissait déjà la poignée.

Elle ne pouvait en croire ses oreilles...

Mais déjà Anatole continuait, plus hardi, maintenant qu'il avait lâché la parole décisive :

— J'en ai parlé à mon père... Il est d'accord... Si vous consentez, ce sera charmant!

Ensuite, s'animant à mesure qu'il parlait :

— Oui, charmant, vous verrez! Je vous aime... et il y a longtemps déjà... Je serai un bon petit mari, soyez-en sûre!... Oh! cette idée est depuis longtemps en moi : du premier jour où je vous ai vue... Vous ne pouvez vous en offenser, mademoiselle; n'est-ce pas, c'est impossible... Dites-moi que vous ne m'en voulez pas?

Il joignit les mains.

Elle écoutait, interdite, ne sachant quelle contenance tenir.

Alors, lui, avec une implorante insistance :

— Vous accepterez, dites?... et vous me rendrez bien heureux!

Véronique répondit :

— Il faut que je consulte ma mère...

*
* *

Elle la consulta, le soir, en rentrant à la maison.

Ce fut au tour de Mme Chanteroy d'être étonnée.

— Aimes-tu ce jeune homme?... demanta-t-elle à sa fille.

— Pas encore.

— Comment est-il?

— Ni bien ni mal... Mais, comme je n'aime personne...

— Evidemment... ce serait la fortune, la fin de tous nos soucis, soupira Mme Chanteroy.

Cette parole éclaira complètement Véronique sur la décision qu'elle devait prendre.

Elle n'aimait pas Anatole, mais elle le connaissait comme un garçon pondéré, de façons agréables, capable de faire un bon mari.

Pouvait-elle demander davantage dans sa situation?

Ce ne serait pas le bonheur, bien sûr... le bonheur fulgurant, la joie d'amour qu'on ne trouve que dans les livres, pensait la pauvre petite...

Mais, puisque ça n'existe que dans les romans!...

La journée du lendemain fut une journée comme les autres à l'usine de Boulogne-sur-Seine.

Anatole dirigea le bureau avec son calme habituel, au moins extérieurement; car, intérieurement, il était ravagé d'impatience et d'inquiétude...

Qu'allait lui dire Véronique, le soir, quand ils seraient seuls?

Pourtant, il se rassurait un peu en se répétant que, si elle était revenue, c'est qu'elle ne lui en voulait pas, ni sa mère.

A six heures, il dit, comme la veille, à la dactylographe :

— Mademoiselle, je vous prie de rester encore. Il y a quelques lettres en retard.

Puis, quand les autres employés furent partis :

— Alors, mademoiselle?

— Maman accepte...

— Bien. Et vous?

— Moi... aussi.

Il tomba à genoux devant elle, lui prit les mains et les couvrit de baisers fous, innombrables...

— Oh! s'écria-t-il, quelle joie vous m'apportez, Véronique!... Vous me comblez de félicité. Je suis le plus heureux des hommes!

Elle se taisait, les yeux baissés, un peu gênée par ce débordement d'enthousiasme amoureux.

Il remarqua son embarras et en comprit la cause. Il comprit qu'il était trop exubérant.

— Là!... dit-il en se relevant, je rends leur liberté à ces mains si gentilles... et je vous répète, ma chère Véronique, qu'à dater de ce jour, de cette minute, vous rénovez ma vie... Je vois que vous êtes troublée; je le suis aussi. Pardonnez-moi si je n'ai pu contenir tout ce qui était dans mon cœur :

Mlle Chanteroy ne reparut plus dès lors au bureau.

Anatole ne le voulut point... Il avait des principes.

Et voilà comment la petite dactylo était en passe de devenir patronne de la maison où elle tapait le courrier.

VII

LES SENTIMENTS DE GAETAN

Gaëtan Darnouville savait maintenant tout ce qu'il pouvait désirer savoir sur Mlle Chanteroy.

Tout... hormis ce qui était le plus important pour lui :

Pourquoi son oncle écrivait-il à Véronique?

Et il repensa alors à la lettre qu'il avait apportée de Dijon et qui demeurait toujours... poche restante.

A présent, du moins, il saurait où la remettre : 29 bis, avenue de Villiers.

Il comptait s'acquitter de la commission dès demain matin, et se délivrer ainsi d'un souci obsédant.

Tout en suivant distraitement les péripéties sombres et compliquées du troisième et dernier acte de la pièce, il se demandait quels rapports avaient pu exister entre son oncle et la fiancée d'Anatole.

Peut-être avait-il connu son père, l'ancien officier?

Et alors, des relations d'intérêt se seraient nouées entre eux, comme cela arrive souvent.

Le père de Véronique était mort, sans doute, à l'époque où la lettre avait été écrite pour quelques règlements de comptes.

L'oncle de Gaëtan était banquier; le commandant Chanteroy pouvait avoir de l'argent placé chez lui.

— Oui, c'est cela! se dit Gaëtan... Ce doit être sûrement cela ou quelque chose d'approchant.

Au fait, pourquoi se préoccuper davantage de cette énigme qui ne devait le toucher que de façon fort indirecte?

Il remettrait la lettre, et tout serait dit.

Le dernier acte finissait. On faisait une ovation à l'auteur.

Celui-ci parcourait les groupes, donnant des poignées de mains, recevant modestement les éloges des messieurs, faisant la roue devant les dames.

— Il semble plus emballé de son succès que de sa fiancée! remarqua Gaëtan à Alphonse.

En effet, Véronique était un peu délaissée, avec sa mère, à la place qu'elles occupaient.

Il en vint à Gaëtan une sorte de rancune contre Anatole... quelque chose comme une colère irraisonnée.

L'homme lui était antipathique ; il le lui fut encore plus, et de ce moment son jugement fut vraiment sévère.

— Un mufle : pensait-il.

Et il regardait encore la jolie fille, convaincu, à part lui, que ce serait vraiment dommage qu'elle devînt l'épouse de cet homme.

Mais... De quoi se mêlait-il? En quoi le mariage d'Anatole et de Véronique pouvait-il l'intéresser?...

Et pourtant, il s'y intéressait, plus qu'il n'aurait voulu se l'avouer à lui-même... et plus que de raison.

Il lui semblait voir de la tristesse éparse sur le front de Véronique.

L'animation ambiante, cette atmosphère de gaîté mondaine la laissaient froide et distante.

Aimait-elle cet homme-là? Pourrait-elle jamais l'aimer?

Cela ne paraissait pas possible à Darnouville...

Et, pourtant... elle allait l'épouser...

De nouveau, le mauvais sentiment s'éleva en lui contre Anatole

Décidément, ce garçon-là lui était de plus en plus antipathique. Contre lui son hostilité instinctive s'accroissait.

Aussi fut-il près de lui tourner le dos lorsqu'il s'avança pour le remercier, ainsi qu'Adolphe Berthorel, de s'être dérangé pour applaudir son œuvre.

Ce n'était pas tout à fait exact, d'ailleurs : Gaëtan n'avait pas applaudi, une seule fois, une production jugée par lui inférieure, indigne même d'une scène de troisième catégorie.

D'avoir été amené ici par son ami, il ne s'ensuivait pas qu'il dût admirer béatement et par ordre... ou par complaisance.

Mais Gaëtan était homme du monde et incapable de répondre à une politesse par une goujaterie.

Il salua donc, assez froidement, l' « auteur applaudi » en souhaitant, dans son for intérieur, cette chose bien simple :

Ne plus jamais le recontrer!

VIII

AMOUR ET LOGIQUE

Rentré à son hôtel, après un dîner solitaire, Darnouville se coucha d'assez méchante humeur.

Il revoyait la jolie, l'exquise, l'adorable Véronique...

Cela, aurait dû au contraire le charmer...

Mais il revoyait aussi, à côté d'elle, Anatole Gris-Lambert.

Gaëtan avait beau se dire qu'il n'avait aucunement qualité pour haïr ce mariage entre personnes qu'il ne connaissait pas et qui devaient, par conséquent, lui être totalement indifférentes.

Qu'est-ce que cela pouvait bien lui faire, après tout?

En quoi cela le touchait-il?... Absolument en rien!

Suivant un mot célèbre, il n'avait, en l'occurence, que sa place au parterre... et il l'avait eue, tantôt, au théâtre du Pré-Catelan.

Evidemment, évidemment... mais le cœur a des raisons que la raison ne saurait connaître.

Et la mauvaise humeur de Gaëtan Darnouville lui venait du cœur, en droite ligne.

Eh! eh! ce cœur ferait-il des sottises?...

— Arrête-toi, mon ami, et borne-toi à battre prosaïquement la mesure!... était tenté d'ordonner l'avocat.

Tout cela est facile à dire... difficile à exécuter...

Et malgré lui, le pauvre Gaëtan se reprenait à penser à celle qu'il commençait à aimer.

Il s'endormit en songeant à elle.

Pendant son sommeil, il rêva d'elle.

A son réveil, sa première pensée fut pour elle. Cela devenait sérieux!

— Aussi, se disait-il, tout cela, c'est la faute de mon oncle!

Et il se le démontrait au moyen d'un syllogisme rigoureux :

— Si mon oncle n'avait pas oublié cette lettre adressée à Mlle Véronique Chanteroy, je ne me serais pas chargé de la porter. La jeune personne en question aurait été bannie de mon existence par le fait même qu'elle n'y serait pas entrée. Cette histoire ne m'aurait pas obligé à penser à elle... Et maintenant, je ne serais pas malheureux:

Malheureux?

Oui, il l'était :

A présent, il regrettait le million de son oncle; c'est-à-dire qu'il regrettait d'en être investi.

Quel malheur parfois que la richesse! Quelle calamité!

Un nouveau syllogisme, aussi rigoureux que le premier, lui démontrait, en effet, que sans l'héritage, il ne serait probablement pas venu à Paris et continuerait à goûter la paix morale de sa province.

Mais, tous les syllogismes du monde, même les mieux construits, n'ont jamais remédié aux crises d'un amour naissant!

Contre cela, la logique est impuissante. Et le cœur échappe à tous les raisonnements.

Mieux : il s'en moque!

IX

LA MISSION EST REMPLIE

Sa toilette faite, Gaëtan songea à s'acquitter de la mission qu'il s'était donnée à lui-même :

Porter la lettre avenue de Villiers.

Il ouvrit son portefeuille pour s'assurer qu'elle y était toujours enclose.

Le bain forcé pris par elle, hier, dans le ruisseau de la rue de l'Ancienne-Comédie, avait complètement déformé l'enveloppe. L'adresse était presque illisible, l'encre ayant été détrempée par l'eau. En outre, les traces de boue souillaient le verso.

C'était lamentable!

— Impossible de remettre une lettre pareille! se dit le jeune homme. Que penserait-on? Et certes, mon oncle interdirait une pareille inconvenance.

Oui, mais comment faire?

Gaëtan réfléchit là-dessus quelques minutes.

Il y avait bien un moyen : Détruire cette enveloppe et la remplacer par une autre.

Seulement, Gaëtan serait obligé d'ouvrir ce pli; et il reculait devant cette obligation comme devant un acte indélicat.

Avait-il le droit d'ouvrir cette missive... de violer en somme le secret d'une correspondance, quelque excellente que fût l'intention?

Non! autant pour son oncle que pour la destinataire, il ne pouvait pas faire cela.

Darnouville demeurait donc fort perplexe... et très ennuyé.

A la fin, il s'avisa d'un compromis qui mettait sa conscience en repos, et il le réalisa immédiatement...

Il sonna le valet de chambre de son étage et lui demanda une enveloppe de même dimension que l'autre, c'est-à-dire du format commercial. Il demanda en même temps une feuille de papier blanc.

Quand il les eut, il plia la feuille de papier, la tint prête sur la table; puis, il ouvrit l'enveloppe de son oncle, en retira la lettre en s'abstenant d'y jeter les yeux; il plaça ensuite cette lettre dans la feuille blanche et glissa le tout dans l'enveloppe de l'hôtel.

Le pli était reconstitué... et Darnouville n'avait rien lu... pas une ligne, pas un mot.

Du reste, il n'y avait rien d'écrit sur le côté extérieur de la lettre. Le texte devait être à l'intérieur...

Gaëtan se sentit très heureux et très fier de cet artifice habile mis au service de sa délicatesse.

Il ne restait plus qu'à mettre la suscription.

D'une magnifique bâtarde, il traça ces trois lignes :

Mademoiselle Véronique Chanteroy,
Avenue de Villiers, 29 bis,

Paris.

Et là-dessus, il sortit d'un pas léger et le cœur tranquille.

*
* *

— Chauffeur, 29 bis, avenue de Villiers.
— Bien, patron!

Le trajet des grands boulevards à Monceau est assez long.

Il sembla très court à Gaëtan, qui ne cessait de penser à la jolie fiancée d'Anatole, plus jolie encore dans le délicieux décor du théâtre de verdure, au Pré-Catelan.

Rien ne fait fuir les heures comme les idéess agréables. Elles les meublent et allègent à la fois.

Il tomba à genoux devant elle. (p. 35.)

Lorsqu'il arriva avenue de Villiers, Darnouville s'imaginait qu'il venait de quitter la place Boïeldieu.

— Mlle Véronique Chanteroy? demanda l'avocat au concierge.

— Cintième à *goche!* répondit cet estimable préposé au cordon qui était de Montmartre, mais avait tenu garnison à Nîmes et en conservait l'accent.

Il n'y avait pas d'ascenseur, et Gaëtan aimait

autant ça. L'ascenseur le mènerait trop vite au but. Il aurait le temps de réfléchir encore en montant les cinq étages.

En réalité, il n'avait pris aucune décision.

Remettrait-il simplement la lettre, ou demanderait-il à voir Véronique... dans le vague espoir d'apprendre quelque chose du passé de le faire retentir sur le présent?

Il se le demandait encore.

Lorsqu'il arriva au cinquième, devant la porte de gauche, il s'arrêta — d'abord parce qu'il était un peu essouflé — et ensuite pour poursuivre ses réflexions inutiles, — car elles ne lui avaient encore rien suggéré de positif.

Le pauvre brave garçon était toujours indécis sur ce qu'il devait faire à cette minute.

Ce fut le hasard qui le tira de ce cruel embarras.

Avant qu'il eût songé à avancer la main vers la sonnette, la porte s'ouvrit brusquement.

Une femme de méhage parut, un balai à la main, finissant probablement la toilette de la galerie.

Elle regarda Gaëtan, qui balbutia, comme ces écoliers pris en faute :

— Est-ce que... Mlle Véronique Chanteroy?...

— C'est ici, monsieur.... mais Mlle n'est pas à la maison en ce moment.

La cause, qui se débattait dans l'esprit de Darnouville était entendue. Cette situation lui dictait sa conduite.

Il répondit :

— Voici une lettre pour elle.

— Bien, monsieur... Je la lui remettrai quand elle rentrera, à midi, avec Mme Chanteroy.

Et la brave femme de ménage referma la porte.

X

PROVOCATION

Gaëtan redescendit un peu étourdi.

Il n'était pas content de lui et s'adressait maintenant des reproches.

Il aurait dû garder la lettre, revenir, dire ceci ou cela... ne pas se borner à ce geste de facteur... essayer de savoir quelque chose, de voir Véronique... tenter de percer enfin le mystère qui entourait cette charmante personne...

Mais, c'était là l'esprit de l'escalier, qui a un grave défaut, celui d'arriver toujours trop tard, comme les carabiniers d'Offenbach dans l'opérette célèbre

Son taxi l'avait attendu à la porte. Il rentra dans le centre de Paris.

— Enfin, se disait-il, la chose est faite. J'ai remis la lettre de mon oncle, non pas en mains propres, mais à l'adresse indiquée... Je suis content que cela soit fini... Du diable si jamais je me rembarque dans une pareille aventure! C'est désastreux pour la tranquillité.

Mais Gaëtan n'était pas sincère en proclamant son contentement.

Il y avait une restriction — déjà! — et une arliers... qu'il quitterait Paris demain...

En vain se dit-il que c'était la première et la dernière fois qu'il mettait les pieds avenue de Villiers... qu'il quitterat Paris demain...

Ces belles résolutions sonnaient faux. Elles étaient bien fragiles... bien inconsistantes...

Or, pourquoi Gaëtan cherchait-il à se tromper lui-même?

Afin d'essayer de modifier ses idées. il se promena sur les boulevards, après déjeuner, alla à une matinée de cinéma où l'on donnait quelquess films américains, idiots pour n'en point perdre l'habitude

Ensuite, il s'en fut s'asseoir à la terrasse d'un grand café.

Il était cinq heures quand il rentra à son hôtel.

Un télégramme pneumatique venait d'arriver pour lui. Il l'ouvrit et poussa un cri de furibonde stupeur.

Voici ce qu'il lisait :

« Monsieur,

« Vous êtes un goujat!

« Je vous prie d'attendre mes témoins à six heures précises.

« Je ne vous salue pas.

« Anatole Gris-Lambert.

DEUXIEME PARTIE

NEUVE FLORAISON

I

MALENCONTRE

Que s'était-il passé?...

En rentrant à midi, avec sa mère et son fiancé, qui venait déjeuner à la maison, Véronique avait reçu la lettre des mains de la femme de ménage.

Pendant que Mme Chanteroy s'occupait des préparatifs, la jeune fille ouvrit sa missive.

— Vous permettez, Anatole?

— Comment donc, chère amis!... Je vous en prie.

Tout en s'asseyant dans le petit salon, et en feignant de parcourir un album, Gris-Lambert observait sa fiancée du coin de l'œil.

Qui pouvait bien lui écrire?... Il était jaloux déjà...

Mlle Chanteroy commençait sa lecture.

Soudain, Anatole la vit rougir un peu, puis pousser une exclamation étouffée, enfin laisser tomber la lettre qu'il se crut autorisé à ramasser, avec une galanterie quelque peu intéressée.

— Qu'est-ce que cela? s'écria-t-il... Quelle est cette méchante lettre qui vous a fait du mal?

— Lisez-la, répondit-elle simplement. Je n'y comprends rien.

Anatole, très flatté de cette marque de confiance, lut à haute voix, juste au moment où Mme Chanteroy entrait au salon.

« Mademoiselle,

« Je suis désespéré...
« Vous en épousez un autre!
« Pourquoi?
« Ne m'aviez-vous pas promis votre amour?
« J'en mourrai, bien sûr... Mais avant, je veux vous dire combien vous me faites souffrir, Véronique.
« Néanmoins, je vous pardonne...
« Mais je ne pardonne pas à votre fiancé qui, sachant ce qui se passe, connaissant la promesse que vous m'avez faite, a su par je ne sais quelles manœuvres infâmes, se substituer à moi.
« A vous mes regrets éternels!
« A lui mon mépris!
« Votre bien malheureux, mais affectionné :

« Gaëtan Darnouville. »

— Eh bien, voilà qui est un peu fort! s'écria Anatole, en laissant à son tour tomber la lettre, que Mme Chanteroy ramassa pour la lire, elle aussi.

Tout à l'heure, sa fille avait rougi... Elle pâlissait et paraissait émue au suprême degré.

Sans remarquer son trouble, tellement il était agité lui-même, Anatole lui damenda :

— Que pensez-vous de cela, madame? Répondez sans ambages.

Le ton était dur, souverainement déplaisant. Anatole le sentit lui-même et, plus radouci, il s'approcha de Véronique, qui semblait bien moins émue que sa mère et montrait simplement l'étonnement d'une personne qui ne comprend pas très bien...

— Enfin, qu'est-ce à dire?... prononça Gris-Lambert... S'agit-il d'une mauvaise plaisanterie?

— Je me déclare aussi surprise que vous, mon ami.

— Bien vrai?

De nouveau, le ton redevenait blessant et âcre.

Véronique riposta sèchement, avec un dédain souverain :

— Je ne suis pas habituée à ce qu'on doute de ma parole.

Anatole battit en retraite.

— Excusez-moi... Mais pourtant cette lettre est si explicite...

— Vous trouvez?

— Enfin, ma chère amie, que feriez-vous à ma place?... Ne vous étonneriez-vous pas, voyons?

— J'attendrais de savoir! répliqua Véronique d'un ton à la fois péremptoire et sévère.

— Enfin... qui est ce Gaëtan Darnouville?

A ce nom, Mme Chanteroy releva la tête, comme sous une commotion. Elle semblait en proie à un trouble intense. Mais tout à leur querelle, les deux jeunes gens ne s'en apercevaient point.

— Le connaissez-vous depuis longtemps? demanda Anatole.

— Je ne le connais pas!.. Déclara la jeune fille.

— Cependant, il vous écrit!.. voilà le fait.

— Il y a peut-être une erreur... dit enfin la mère de Véronique, sortant de son attitude passive.

Tout à coup, Anatole s'écria :

— J'y suis!

— Qu'y a-t-il?

— Je me rappelle... Je le connais, moi, ce Gaëtan Darnouville!

— Comment?... balbutia la veuve du commandant Chanteroy.

— Parfaitement! continua l'autre avec impétuosité... Oui, c'est bien cela... Il assistait à la matinée du Pré-Catelan....On me l'a présenté.... Au fait, qui me l'a présenté?... Qui?

Il cherchait, fouillait dans sa mémoire... et ne trouvait pas.

Et il se montait, estimant bien osé ce monsieur qui se permettait d'écrire à sa fiancée une lettre pareille!

— Enfin, dt-il encore, il y a là quelque chose d'extraordinaire!... Ce monsieur doit vous connaître, ma chère Véronique... Je ne prétends pas que ce soit un amoureux évincé, puisque vous me dites ne pas le connaître... mais, pourquoi se permet-il... et comment?.... Nous ne sommes pourtant pas au 1er avril!

Mme Chanteroy ne donnait toujours pas son avis...

Elle semblait réfléchir, perdue dans des souvenirs lointains... Son regard demeurait fixe, comme s'il eût contemplé un objet visible pour elle seule.

La lettre qu'elle avait lue et relue pusieurs fois avec une attention singulière lui échappa des doigts.

La femme de ménage — qui entrait pour annoncer le déjeuner — la ramassa et la lui rendit.

C'était la troisième fois déjà que cette malheureuse lettre tombait ainsi...

— Permettez, madame... dit Anatole, qui avait

une mauvaise figure avec des traits contractés et pâles.

Il prit la missive, la relut lui aussi, et, arrivant à la signature :

— J'y suis! s'écria-t-il. J'y suis!... Je me rappelle! C'est... C'est Berthorel!...

— Comment... Berthorel?... répéta interrogativement Véronique

Anatole précisait :

— C'est lui qui m'a présenté ce Gaëtan Darnouville!... Il me donnera son adresse...

Sur ce, très agité, et ne pensant plus au déjeuner, prenant à peine congé de ces dames, Gris-Lambert saisit sa canne, son chapeau, ses gants et s'élança hors de l'appartement.

Véronique restait songeuse... Sa mère aussi...

La femme de ménage vint redire :

— Madame, le déjeuner est servi... Je voudrais bien m'en aller... J'ai encore une heure à faire dans le quartier...

Les dames Chanteroy n'avaient pas le moyen de prendre une bonne, et elles ne voulaient point — par délicatesse — anticiper sur le mariage en changeant leur genre de vie.

II

POURQUOI?

En lisant le petit bleu de Gris-Lambert, Gaëtan pâlit sous l'affront.

« Goujat! »

On le traitait de goujat...

Il est toujours désagréable de recevoir une injure; mais c'est encore plus ennuyeux quand on ne sait pas pourquoi..

Qu'est-ce qui pouvait bien motiver le subit accès de colère d'un homme qui lui avait fait bon accueil tout à l'heure, qui s'était montré correct, sinon cordial?

Quelle pouvait être la raison de cet envoi de témoins?...

Ça, c'était le comble par exemple!... Et quoi qu'il en fût, Gaëtan devait se préparer à recevoir la visite de ces témoins pour les mettre en rapport avec les siens

Ceux-ci étaient tout trouvés : Alphonse Berthorel et un autre de ses amis rencontré à un banquet d'anciens élèves de l'Ecole de Droit, Jean Dupasquier.

Il fallait maintenant les prévenir. Il était cinq heures; la visite des témoins de l'irascible Anatole était annoncée pour six heures.

Gaëtan descendit à la cabine téléphonique de l'hôtel pour parler à l'avocat.

Et tout en y allant, il se demandait encore, avec ahurissement, ce qui avait pu provoquer l'accès furibond de Gris-Lambert.

Il était à cent lieues de se douter que c'était la lettre de son oncle...

Mais il ne tarda pas à le savoir.

Au moment où il allait téléphoner, Alphonse arrivait.

Il avait l'air assez agité.

— Eh bien, mon cher, tu as fait du joli, toi!

Telles furent les premières paroles par lesquelles Berthorel l'aborda en lui tendant une main bourrue.

— Moi! se récria Darnouville, tombant des nues.

Il comprenait de moins en moins et commençait à trouver que la charade manquait d'agrément.

— Parfaitement, toi... A qui donc veux-tu que je parle?

— Eh bien, qu'est-ce que j'ai fait, veux-tu me le dire?

— Cette lettre...

— Quelle lettre?...

— Écrite à la fiancée d'Anatole...

— C'est donc ça?...

— Tu trouves que ce n'est rien?...

— Mais je ne suis pour rien là-dedans, moi! Absolument!

Alphonse Berthorel éclata de rire.

— Tu n'es pas fou?... Tu prétends n'être pour rien dans une lettre pareille, signée de toi?...

— Signée de moi?... Je ne sais pas même ce qu'il y a dans cette lettre!... protesta énergiquement Gaëtan.

— Ça, c'est trop fort!..

— Elle n'est pas de moi, te dis-je!

— De qui, alors?...

— De mon oncle!...

— Et ton oncle est mort depuis un an... m'as-tu dit, puisque tu es son héritier...

Darnouville déclara très sérieusement :

— Cela n'empêche pas qu'il ait pu écrire... avant sa mort, et ce n'est pas du La Palice, ce que je te dis là!

Alphonse interrompit son ami avec un geste de pitié.

— Assez, mon cher... Ne cherche pas à me

monter le coup... Tu es un cachottier... Nous n'avons pas de temps à perdre... J'ai rencontré tout à l'heure Gris-Lambert, qui m'a demandé ton adresse et m'a mis au courant.

— Mais, au courant de quoi, bon Dieu! clama Gaëtan en s'arrachant les cheveux.

— Voilà que tu recommences! fit Alphonse avec sévérité... Cesse ce jeu et envisageons sérieusement la situation... Les témoins d'Anatole vont arriver... Je viens me mettre à ta disposition.

— Merci, mon vieux... répondit Gaëtan, qui ne cherchait plus à convaincre l'avocat... ni même à se convaincre lui-même... Il faudra me trouver un second témoin.

— C'est fait! Il arrive... et tiens, le voilà!

C'était Jean Dupasquier, l'ami des deux jeunes gens.

Immédiatement, on se mit à discuter les conditions de la rencontre — car une rencontre était inévitable.

Et de cela, Gaëtan enrageait...

Non qu'il craignît de s'aligner avec Anatole; mais il lui paraissait stupide et ridicule de mettre flamberge au vent pour une lettre qu'avait écrite son oncle... et dont il ne connaissait même pas le contenu :

— Cette question-là est secondaire, déclara catégoriquement Alphonse Berthorel.

— Tu trouves, toi?... Moi, au contraire, je l'estime primordiale!... Et je crois avoir raison.

— Que ce soit ton oncle, ton grand-père ou ton arrière-cousin, c'est le même prix... Il y a un fait qui domine tout à présent : c'est que Gris-Lambert t'a adressé une provocation...

— Conçue dans des termes offensants que je ne lui pardonne pas!

— Tu vois bien...

— Il m'aurait paru suffisant de lui frotter les oreilles... mais je suis prêt à lui donner sur le terrain la leçon qu'il mérite.

A présent, Gaëtan Darnouville était parfaitement décidé à se battre en duel avec le fiancé de Véronique.

Seulement, il continuait à se demander pourquoi il se battait!...

III

SUR LE PRÉ

Les représentants d'Anatole se trouvèrent à l'heure dite dans le salon de l'hôtel.

Ils s'y rencontrèrent avec ceux de Gaëtan Darnouville.

Les pourparlers furent rondement menés, la qualité d'offensé ayant été reconnue à l'avocat.

Rendez-vous fut donc pris pour le lendemain... au Pré-Catelan.

— Les jours se suivent et ne se ressemblent pas! disait en plaisantant Gaëtan... Hier, la comédie... demain le drame!

— Espérons que le drame ne sera pas bien grave et que tu allongeras un gentil coup d'épée, pas trop méchant, à Gris-Lambert.

— Oh! je ne veux pas sa mort, bien certainement.

— Mais lui veut la tienne!... déclara le second témoin de l'avocat, Jean Dupasquier.

— Ah!

— Il déclare à tout venant qu'il aura ta peau. Voilà!

— Je ne le savais pas si féroce, déclara Alphonse en riant.

— Le mouton enragé!... fit Darnouville sur le même ton.

— Méfie-toi... recommanda Dupasquier. Méfie-toi!

Là-dessus, on alla dîner tranquillement dans un cabaret de Montmartre où la chère est fine et la cave bien garnie.

Depuis qu'elle avait lu la lettre adressée à Mlle Chanteroy, la mère de Véronique demeurait préoccupée et muette.

Une émotion semblait l'étreindre...

Sa fille s'en aperçut; mais elle mit cette préoccupation sur le brusque départ, sur l'agitation d'Anatole.

Elle-même concevait de cet incident un sérieux souci.

Son fiancé ne s'était pas montré à son avantage. Il avait été presque brutal... en tous les cas maladroit.

Ses paroles sèches et dures résonnaient encore, blessantes, aux oreilles de la jeune fille.

La colère montre les gens sous leurs vrais dehors, car ils ne s'observent pas et se livrent...

A présent, Véronique connaissait Anatole tel qu'il était...

Et cela ne lui paraissait pas très encourageant.

Un pareil caractère, aussi irritable, aussi peu

maître de lui, n'était pas précisément une garantie pour la paix future du ménage.

Avec tout cela, le fiancé était parti fort incivilement, laissant en plan le déjeûner.

Ces dames se mirent donc à table sans lui.

Le lendemain matin, Anatole et Gaëtan s'alignèrent sur le pré. (p. 58.)

— Crois-tu?... demandai! Mme Chanteroy prise d'un scrupule et désirant attendre encore.

— Sans doute.

— Pourtant...

— Il mérite bien cette leçon! Ne nous occupons pas plus de lui qu'il ne s'occupe de nous.

— Cependant, objecta Mme Chanteroy, s'il nous a quittées si précipitamment, c'est parce qu'il veut demander des explications à l'homme qui...

Véronique se borna à répondre :

— Il aurait aussi bien demandé ces explications une heure plus tard!

Le repas se poursuivit, silencieux... morne.

Véronique réfléchissait à cette lettre... qu'elle ne comprenait pas... et qui l'effarait.

Sa mère avait d'autres préoccupations... et si la jeune fille eût pu lire dans le cœur de Mme Chanteroy, elle y aurait surpris un intérêt étrange pour ce nom, « *Gaëtan Darnouville* » qui signait la malencontreuse missive.

Seulement, elle ne pouvait s'en rendre compte.

Les rayons X de la pensée ne pénèrent pas dans les cœurs...

⁂

Le lendemain matin, Anatole et Gaëtan s'alignaient sur le Pré, dans une clairière du bois de Vincennes.

Tous deux faisaient assez bonne contenance.

Avant que les fers ne se croisent, Alphonse Berthorel voulut engager une suprême tentative de conciliation.

Il lui répugnait de voir deux de ses amis se couper la gorge pour une futilité.

Mais, aux ouvertures qu'il fit à Gris-Lambert, celui-ci se cabra avec une sorte de violence.

— Mon cher, dit-il, vous êtes le témoins de mon adversaire. Restez dans ce rôle et ne cherchez pas à me circonvenir.

Même résultat négatif auprès de Gaëtan, qui ne pouvait pas digérer le mot de « goujat ».

Les deux adversaires se montraient également butés, intraitables.

Il n'y avait donc rien à faire, et Alphonse en prit son parti.

Le combat s'engagea.

Les deux duellistes étaient aussi inexpérimentés l'un que l'autre...

En fait d'armes, Anatole ne connaissait que la réplique théâtrale; Gaëtan n'avait jamais touché un fleuret de sa vie.

La façon dont ils s'attaquèrent excita chez les quatre témoins les plus vives appréhensions.

— Ils vont sûrement s'embrocher tous les deux! pensaient-ils.

Et ma foi! c'était à craindre, à voir leur acharnement et leur gaucherie.

Gris-Lambert était le plus maladroit, partant le plus dangereux.

Il ferraillait comme un sourd, piquant comme avec une lardoire. Et Gaëtan avait toutes les peines du monde à se défendre contre une pareille brutalité.

Pour éviter une catastrophe imminente, Alphonse, qui dirigeait le combat, les fit s'arrêter.

Après une pause de cinq minutes, les fers s'engagèrent de nouveau et se heurtèrent furieusement.

Cette reprise ne fut pas longue.

A la première passe, Darnouville recevait une magnifique estocade en pleine poitrine.

Il tomba et demeura sans mouvement sur le terrain gazonné que son sang rougit.

— Te voilà bien avancé! dit Alphonse Berthorel à Anatole en se précipitant au secours de son client.

— Il n'a que ce qu'il mérite! répondit Gris-Lambert, féroce.

Là-dessus, il remonta en voiture aves ses seconds et s'éloigna sans saluer.

Le plus *goujat* des deux n'est pas celui qu'on pense! murmura Berthorel, révolté de cette attitude.

Le médecin de Gaëtan examinait la blessure.

— Eh bien, docteur? demanda Alphonse, très inquiet.

Le médecin répondit :

— Je ne puis me prononcer encore... Il me paraît sérieusement touché... mais l'hémorragie est normale. C'est un bon signe.

Aidé de Jean Dupasquier, Berthorel porta dans sa voiture Gaëtan toujours évanoui.

— Où le conduisons-nous?... demanda-t-il au médecin. Chez lui?

— Non, à ma clinique, 43, boulevard de Port-Royal.

On partit à petite allure pour éviter les cahots.

— Et dire, répétait Alphonse à Dupasquier... dire que ce pauvre ami était venu à Paris pour s'amuser pendant ses vacances :

— Il a bien réussi!

IV

UN SECRET

— Véronique, as-tu cette lettre?
— Oui, maman.
— Veux-tu me la donner?
— La voilà.

Mme Chanteroy la prit, la relut, l'examina sans se lasser.

— Etrange! murmura-t-elle.

— Qu'est-ce qui est étrange? demanda Véronique, qui avait entendu et qui observait sa mère.

— Je ne puis te le dire encore, ma bonne chérie.

— Pourquoi?

— Il y a là un secret...

— Un secret entre nous! fit la jeune fille sur un ton de reproche... C'est bien la première fois.

— Une mère n'est pas obligée de tout dire à sa fille...

— Je croyais que j'avais ta confiance, maman...

— Tu l'as entière, absolue... comme j'ai la tienne, je l'espère, mon enfant... Je n'ai pour toi ni cachotteries ni mystère... Seulement, je veux être juge de l'heure...

— Alors, maman, je ne réclame plus rien! s'écria la jeune fille en sautant au cou de sa mère, qu'elle embrassa tendrement.

Entre elles il ne pouvait y avoir d'arrière-pensée. Elles avaient toujours eu une vie très unie, très affectueuse, sans le moindre nuage.

⁎⁎⁎

Depuis la veille, le mystère de cette lettre préoccupait singulièrement les deux femmes.

Il préoccupait surtout Véronique.

Car... était-ce bien un mystère pour Mme Chanteroy?

Celle-ci en lisant pour la première fois la missive signée Gaëtan Darnouville, avait paru être en proie à une vive émotion.

Et depuis, elle était demeurée songeuse...

A quoi pensait-elle?...

A quelque amour d'autrefois?...

— Peut-être...

Il n'y a pas que les jeunes âmes qui aient des secrets douloureux et charmants...

Sous combien de fronts à cheveux blancs s'accumulent les cendres du passé!

Il était évident que, depuis la réception de ce billet par sa fille, Mme Chanteroy n'était plus la même.

A son émoi du début avait succédé une émotion d'une qualité bien différente.

Un éclat nouveau rayonnait dans son regard resté étonnamment jeune.

Son front brillait d'un reflet inaccoutumé; et parfois, un fugitif sourire entr'ouvrait ses lèvres, ce qui rendait Mme Chanteroy particulièrement séduisante et véritablement jolie.

Elle avait à peine quarante ans...

A cet âge-là nombre de Parisiennes sont encore fort belles femmes.

Il y en a même — et beaucoup — qui côtoient ou dépassent la cinquantaine et à qui on donnerait tout au plus trente ans, tant leur allure et leurs traits conservent de charme et de fraîcheur

Mme Chanteroy appartenait à cette catégorie-là.

Il suffit d'un souvenir s'élevant dans leur âme pour leur rendre la magie de la jeunesse.

On dirait alors qu'une caresse intérieure les fait s'épanouir dans une sorte d'illumination magique.

Et les fleurs d'automne deviennent des fleurs de printemps.

*
* *

— Ah! maman, tu es bien jolie, aujourd'hui, déclara Véronique ce matin-là.

— Tu trouves?

— Et je te le dis.

— Flatteuse!

— Non, sincère... et bien heureuse d'avoir une maman comme toi.

— Chère petite!

— Ces jours derniers, notre amie Louise Renaud disait que nous avions l'air de deux sœurs.

— Oh!...

— Si, si, elle l'a dit... Pour un peu, tu sais, elle aurait ajouté : jumelles...

— C'est de l'exagération...

— Pas du tout!.. Mais comme tu es bien mieux encore aujourd'hui que ce jour-là, elle déclarerait que la sœur cadette, c'est toi.

— Allons! folle aimée, ne plaisantons plus là-dessus.

Véronique eut une petite moue ravissante.

— C'est bon! Je demanderai l'avis d'Anatole quand il viendra.

— Il est bien en retard, ce me semble... dit Mme Chanteroy...

— C'est vrai. D'habitude il est ici bien plus tôt.

— Peut-être est-il retenu par le travail de l'usine.

— Eh! maman, je n'en sais plus rien... Il y a quelque temps, j'aurais pu te renseigner là-dessus. Mais, maintenant, ce m'est impossible.

Mme Chanteroy sourit à cette boutade de Véronique.

Mais celle-ci ne souriait pas.

— Cette constatation n'a pas l'air de te faire très plaisir! énonça Mme Chanteroy. Tu es cependant contente de ne plus être astreinte à ce travail quotidien.

— Évidemment... mais...

— Mais?...

— J'étais peut-être plus heureuse alors.

— Comment?

— J'avais moins de soucis... Et aussi Anatole m'intimidait moins comme patron que comme fiancé.

— Vrai?

— Je le connaissais sous un autre jour... peut-être plus favorable, je ne crains pas de le dire.

— Explique-toi...

— Hier, il m'a produit une impression pénible...

— A propos de cette lettre?

— Oui...

— Mon Dieu, je comprends un peu ton impression.

— Il a eu une attitude presque brutale.

— La jalousie!... murmura Mme Chanteroy.

— Certaines jalousies flattent. Il en est d'autres qui blessent... affirma Véronique.

— Et la sienne, pour toi, est de celles-là?

— Absolument.

— Il ne faut pas lui en vouloir, dit la mère, conciliante. D'ailleurs, tu t'en expliqueras avec lui.

— J'aurais voulu le faire tout de suite, mais il est parti avec une telle précipitation que j'en ai été froissée comme d'un manque de politesse.

— Allons, allons, petite Véronique. ne dramatisons rien.

— Je ne dramatise rien, je constate sans acrimonie.

— Tout cela s'arrangera.

— Aussi, je voudrais bien qu'il vînt le plus tôt possible.

— Et tu diras qu'il t'intimide!... L'aimes-tu, au moins?

Véronique hocha un peu mélancoliquement la tête.

— Ma foi! je me le demande... En tous cas, des scènes comme celles-là n'ont rien pour le faire adorer!...

*
* *

Ce soir-là, Anatole Gris-Lambert fut attendu en vain.

Le fiancé ne parut point avenue de Villiers.

Il ne prévint pas davantage.

De sorte que Véronique et sa mère étaient toutes déconcertées.

Que signifiaient ce silence, cette absence?
C'était incompréhensible.

Les deux femmes dînèrent sans grand entrain, Mme Chanteroy parlait peu et Véronique se mettait à son diapason.

La mère de la jeune fiancée estimait qu'il y avait un rapport certain entre l'abstention d'Anatole et la lettre reçue la veille.

Véronique aurait-elle deviné juste? Et Mme Chanteroy cachait-elle un secret?...

V

— Cette fois, dit le docteur à Alphonse qui venait prendre des nouvelles comme chaque jour, cette fois, je réponds de mon blessé.

— Vous avez la certitude...

— De le sauver, oui... Mais, à un moment don-

né, il a été bien bas! et je n'étais pas très rassuré,
je l'avoue.

— Grâce à vous, le voilà hors de danger, mon
cher docteur, et je vous en félicite...

Le médecin rectifia :

— Grâce à lui surtout. Votre ami est pourvu
d'une constitution magnifiquement résistante. Avec
un autre, cela n'aurait peut-être pas marché aussi
bien. Des complications se seraient produites.

Ce dialogue avait lieu à la clinique du boulevard
de Port-Royal, huit jours exactement après la rencontre du bois de Boulogne.

En effet, durant cette semaine, le blessé avait
donné pas mal d'inquiétudes au médecin.

Le coup reçu était grave. Il s'en était fallu d'un
cheveu qu'il ne fût mortel.

Mais maintenant, tout péril était conjuré, et Gaëtan allait vers une guérison rapide.

— Puis-je le voir? demanda Berthorel.

— Oui... à condition que vous ne le fassiez pas
trop parler. Il faut éviter la fatigue.

— Je vous le promets.

— J'y compte.

— Je parlerai : il écoutera. J'ai des choses inté-
ressantes à lui dire.

— Eh bien, allez, mon cher... Vous connaissez
la chambre?... Du reste, je vais vous y conduire.

Une minute après, Berthorel s'asseyait au che-
vet du blessé.

Le visage de clui-ci s'épanouit. Il sourit à Alphonse et lui tendit la main.

— Parfait! dit Berthorel... Pas de fièvre. Te voilà
en pleine convalescence.

— Quelles nouvelles?...

— Chut... silence!... Je vais t'en donner des

nouvelles, mais ne t'agite pas ainsi et sois muet. Ordre supérieur :

Gaëtan acquiesça.

Au fond de son regard, Alphonse découvrait une curiosité intense.

Il comprenait ce que son ami désirait savoir. Aussi bien, il était venu ici pour le lui dire.

— Mon cher Gaëtan, commença-t-il, tu as dû souvent penser à Mlle Véronique Chanteroy, cause indirecte de ton aventure.

Darnouville fit un signe de tête affirmatif, avec un empressement qui frappa Berthorel, mais ne l'étonna point.

Car il n'avait pas oublié les éloges admiratifs de son ami pour Véronique quand il lui avait raconté l'histoire de ses fiançailles, ni le regard qu'il lui décernait au théâtre de verdure.

Il continua donc, sur un ton de franche bonne humeur :

— Eh bien, il y a quelqu'un qui paraît y penser beaucoup moins que toi! Ne me demande pas qui c'est... Peut-être t'en doutes-tu : c'est son fiancé!

— Incroyable! exprimèrent les yeux de Gaëtan Darnouville.

— Incroyable, mais vrai : comme disent certaines annonces.

Et Alphonse ajouta en riant :

— Ça t'étonne?... Moi, pas!... Il n'a pas reparu chez les dames Chanteroy.

— Ah! ne peut s'empêcher de s'écrier le blessé.

Il y avait de la joie dans cette exclamation, — une joie qu'il ne cherchait pas le moins du monde à dissimuler.

Et pourquoi l'aurait-il cachée à son ami?

N'aimait-il pas Véronique?

Oui, il l'avoua à cette minute... et peut-être entrevoyait-il la possibilité de couronner cet amour...

Espérance qui l'avait soutenu aux heures douloureuses où il souffrait de sa blessure.

Voilà pourquoi il apprenait avec tant de plaisir la défection d'Anatole, qui ne venait plus avenue de Villiers.

Le jeune homme se réjouissait de l'attitude prise par son adversaire.

Certains espoirs lui seraient permis... peut-être... plus tard...

Mais aussitôt il pensa à la lettre... la lettre de son oncle, qui avait tout bouleversé... et dont la teneur lui était inconnue encore.

Il murmura ces mots :

— La lettre?

Berthorel fit un geste évasif.

— Cela, mon ami, c'est un secret dont Mlle Véronique ne m'a pas fait la confidence... Mais je dois vous dire que vous intriguez fortement les dames Chanteroy... oui, très fortement, monsieur le duelliste :

Gaëtan, lui aussi, était intrigué, plus qu'il ne voulait le paraître.

Il aurait désiré questionner, savoir... mais la fatigue commençait à se faire sentir en lui.

Il était encore bien faible. Alphonse s'en aperçut et décida de ne pas prolonger plus longtemps l'entretien, pour obéir aux prudentes prescriptions du docteur.

Cependant, Gaëtan avait encore quelque chose à dire.

Il fit un effort et prononça, avec une nuance d'hésitation :

— Si tu vois Mlle Véronique...

— Eh bien?

— Présente-lui mes excuses... mes regrets... Suis désolé ...

— Elle aussi! sourit Alphonse... Entendu, je ferai ta commission... Au revoir, mon cher... A bientôt... guéris-toi vite!

Il serra la main de son ami et le quitta, allégé du souci que lui donnait sa santé.

VI

LE MOT DE L'ÉNIGME

Le surlendemain, une dame se présentait à la clinique du boulevard de Port-Royal et demandait à voir M. Gaëtan Darnouville.

— Etes-vous de sa famille? demanda l'infirmier de service à la porte.

La dame mumura une explication que l'homme entendit mal; mais il n'insista pas devant la parfaite respectabilité de la visiteuse, et il la conduisit aussitôt auprès de Gaëtan.

Le blessé paraissait être mieux encore que l'avant-veille.

Son visage était reposé. Il ne souffrait pour ainsi dire plus de sa blessure... cette blessure qui avait failli être mortelle.

Les forces revenaient Il pouvait maintenant supporter des visites plus longues.

L'inconnue s'avança près de lui. Gaëtan la regardait avec surprise, cherchant à analyser son visage pour y démêler un souvenir.

Il lui semblait retrouver dans cette physionomie

des traits connus... qui lui rappelaient étrangement ceux de...

Mais il n'eût pas le temps de pousser plus longtemps la comparaison en lui-même...

La dame parlait...

— Monsieur, excusez-moi de venir ainsi... troubler votre convalescence... Mais j'y suis poussée par un désir impérieux... qui est en même temps un devoir.

Surpris par cet énigmatique préambule, le blessé dit :

— Madame, je vous écoute... Mais avant, permettez-moi...

— Parlez, monsieur.

— Ne seriez-vous point parente de Mlle Véronique Chanteroy?

— Je suis sa mère.

— Ah!... c'est donc cela ... murmura le jeune homme.

— Et vous, monsieur... c'est bien à M. Gaëtan Darnouville que j'ai l'honneur de parler?

— Parfaitement.

— Je voulais en être bien sûre... et en recevoir la confirmation de votre bouche, répondit Mme Chanteroy, avec une intonation étrange.

— Vous l'avez, madame.

Un silence...

La mère de Véronique se recueillait.

— Maintenant, est-ce bien vous qui avez apporté cette lettre chez moi?

— Permettez-moi, madame, de répondre à votre question par une autre question : Est-ce un interrogatoire que vous me faites subir?

— Monsieur... murmura Mme Chanteroy avec gêne.

— Je suis tout prêt à y répondre pourvu que j'en connaisse le but, poursuivit Gaëtan.

— Ce but est simple, monsieur... J'ai besoin de savoir la vérité.

— Quelle vérité?

— Au sujet de cette lettre... Je me trouve aux prises avec une énigme bien troublante :

Et, après une courte pause, Mme Chanteroy ajouta :

— Pourquoi avez-vous écrit en ces termes à ma fille?...

— Ce n'est pas moi qui ai écrit, madame. je vous le jure.

— Cependant...

— Je ne me le serais pas permis.

— Vous ne contesterez pas, pourtant, que vous avez apporté cette lettre vous-même, avenue de Villiers. Le signalement qui m'a été donné du messager répond tout à fait au vôtre.

— Je ne nie pas cela.

— Vous ne nierez pas davantage que votre nom est au bas du billet.

— Ce nom n'est pas le mien.

— Comment! Veuillez regarder, monsieur. La signature y est en toutes lettres : Gaëtan Darnouville.

— J'ai l'honneur de vous répéter, madame, que je n'ai pas plus signé cette lettre que je ne l'ai écrite.

— Mais c'est invraisemblable!... s'écria la mère de Véronique avec une nuance d'incrédulité dans la voix.

— Et c'est vrai, néanmoins, madame... Ce nom de Gaëtan Darnouville qui est le mien, est aussi celui de mon oncle et parrain, auteur et signataire de la lettre adressée à Mlle Véronique Chanteroy.

— Votre oncle!... répéta la visiteuse avec trouble.

— Oui... qui habitait Evreux, où il est mort l'an dernier.

— Oh! mon Dieu! lui... murmura la mère de Véronique.

Elle semblait bouleversée à la suprême expression.

Cette émotion influa sur le jeune homme, qui demanda avec inquiétude :

— Qu'y avait-il donc dans cette lettre?

— Jugez-en.

Cette fois, elle ne lui montra pas seulement la signature, mais lui tendit le billet qu'il lut en entier.

Lorsqu'il eut fini, une stupéfaction intense se peignit sur son visage.

— Quel est donc ce mystère?... murmura-t-il à son tour!

— N'en cherchez pas l'explication, monsieur, je vais vous la donner moi-même.

Résolument, Mme Chanteroy commença :

— J'ai, autrefois, épousé mon cousin... et je m'appelais toujours après ce mariage, Véronique Chanteroy. La lettre était pour moi et non pour ma fille, monsieur...

— Oh!

— Cette lettre a dû être écrite il y a plus de vingt années...

« Pourquoi ne m'est-elle point parvenue alors?

« Je ne le sais pas plus que je ne sais pourquoi elle vient d'arriver à ma pauvre enfant...

— Ah! madame, s'écria Gaëtan... Personne n'est coupable de ce retard et de ses malheureuses conséquences :

— Mais alors?

— Voulez-vous me laisser vous expliquer. madame?

— Je vous en prie.

— Cette lettre a été trouvée par moi dans les papiers de mon oncle.

— Quand?

— Quelques mois après sa mort.

— Où avez-vous fait cette découverte?

— A Dijon.

— Votre oncle est mort à Evreux, m'avez-vous dit, monsieur?

— Oui, mais j'habite Dijon, et c'est dans cette ville que Mᵉ Rambossel. notaire, m'a donné connaissance du testament et des dispositions qui me concernent.

— Extraordinaire! murmura la mère de Véronique.

Gaëtan continua :

— C'est ainsi que cet officier ministériel m'a remis les papiers de la succession.

« Parmi ces papiers, je trouvai cette lettre...

« Que devais-je en faire?..

« Je fus longtemps perplexe; mais je considérai, à la fin, que je devais la faire tenir à sa destinataire.

— C'était le plus normal, en principe, convint Mme Chanteroy.

— En principe. oui; mais vous voyez quels ennuis cela m'a donné en pratique...

« Bref, j'envoyai la lettre par la poste. Elle me revint avec cette mention : *Destinataire inconnu.*

« Mais je me piquai au jeu. Je m'étais promis de faire parvenir cette missive à celle qui l'attendait, depuis longtemps peut-être.

« J'en avais pris l'engagement vis-à-vis de moi-même, vis-à-vis de la mémoire de mon oncle.

« Je désirais obéir au vœu du défunt, réparer son oubli... sa négligence peut-être...

« Je finissais par considérer cela comme une mission sacrée... et je voulais la remplir, madame. à tout prix!...

« De ce moment. mes tribulations commencèrent.

« Vous dire les démarches que j'entrepris. vous raconter mes recherches, vous détailler tout, cela est inutile... et ce serait bien long!

« Qu'il vous suffise de savoir qu'un jour le hasard me mit sur le chemin de Mlle Véronique Chanteroy.

« C'était à une réunion organisée par M. Gris-Lambert au théâtre de verdure du Pré-Catelan.

« Vous étiez à cette fête artistique, madame. ainsi que Mlle Véronique, que je considérais comme la véritable destinataire de la lettre de mon oncle.

« Comment, ainsi, aurais-je pu penser que ce n'était pas elle?

« Toutes les vraisemblances me la désignaient clairement.

« Hélas! madame, autre chose la désignait aussi à mon attention!

A ces mots, Gaëtan poussa un soupir...

Il reprit aussitôt :

— A mon admiration, devrais-je dire!... Ah! madame, dès que j'aperçus Mlle Véronique, je sentis combien elle était digne de mon amour...

« Mais ce sentiment s'éteignit dans un autre :

« Le regret de me dire que cette charmante jeune fille ne pourrait jamais être à moi!...

« Je la savais fiancée... promise... et je me disais que celui qui l'aurait comme épouse serait bien heureux!...

« Je l'enviais, cet homme...

« Mais je n'oubliais pas. pour cela, la mission que je m'étais assignée.

« Je n'oubliais pas la lettre adressée à Mlle Véronique Chanteroy...

« Et, le lendemain de ce jour, je vins la porter moi-même chez, vous, avenue de Villiers.

« Voilà, madame. l'histoire de cette lettre.

« J'ai cru bien faire...

« Veuillez me pardonner!... »

Gaëtan avait fini ce récit, pour lui aussi sincère qu'une confession.

A présent, il attendait anxieusement la réponse de la mère de celle qu'il aimait.

VII

LA PROMESSE

Mme Chanteroy s'était attachée au récit de Gaëtan avec un intérêt croissant.

Par moments, elle paraissait émue... presque bouleversée. Un soupir montait à ses lèvres, qu'elle réprimait aussitôt à force de volonté. dans une tension de tout son être.

On eût dit qu'un secret montait de son cœur pour venir mourir sur sa bouche.

Enfin, elle dit en regardant le jeune homme bien en face :

— Excusez-moi d'avoir provoqué le rappel de ces souvenirs.

— Ne le fallait-il pas pour dissiper tout malentendu, toute équivoque?

Mme Chanteroy approuva de la tête; puis elle reprit :

— Monsieur, vous avez été sincère; je veux l'être à mon tour.

Et, comme il la regardait, surpris :

— Cette lettre que vous croyiez adressée à ma fille... et qui m'était destinée...

— Eh bien, madame?... questionna-t-il, voyant hésiter son interlocutrice.

— Félicitez-vous qu'elle ne soit pas arrivée à l'époque où elle a été écrite...

— Pourquoi?...

— Qui sait?... Elle aurait peut-être empêché mon mariage, et vous ne pourriez témoigner à ma fille cette sympathie que vous lui avez offerte...

— Et que je lui offre toujours!... ajouta Gaëtan avec élan.

Puis, se calmant, il demanda :

— Alors, madame, vous ne me gardez pas rancune de tous ces incidents que je déplore? Vous ne m'en voulez pas d'avoir troublé votre quiétude, d'être ainsi brusquement entré dans la paix de votre existence?

— Non.

— Vrai?

— Il est évident que vous avez été de bonne foi...

— Je le jure!

— Malheureusement... vous avez causé un mal irréparable.

— Oh! madame... protesta-t-il, sincèrement désolé.

— Ma fille allait se marier... et son mariage est rompu.

— Madame, répondit Darnouville avec feu, rien n'est jamais irréparable quand on a affaire à un cœur loyal...

— Que voulez-vous dire?

— Je vous demande la permission d'aller m'ex-

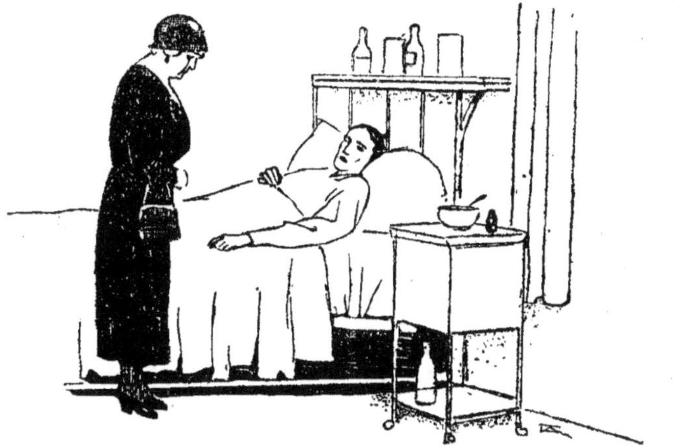

Votre oncle!... répéta la visiteuse avec trouble. (p. 72.)

pliquer moi-même — bientôt — avec Mlle Véronique... et devant vous!

Le jeune homme ne put en dire davantage, cette fois.

Il avait pâli soudain.

Sa blessure lui semblait douloureuse... Il avait des bourdonnements, des éblouissements passaient dans son regard.

Cette conversation et ces émotions successives le fatiguaient... risquaient de l'épuiser.

D'ailleurs, à ce moment, le médecin de la clinique rentrait. Il jugea que la situation était assez sérieuse pour mettre fin à l'entretien.

Mme Chanteroy se retira donc, emportant la promesse que lui avait faite Gaëtan.

VIII

L'HEUREUSE CONCLUSION

Quelques jours après, en effet, elle recevait ce mot, venant du boulevard de Port-Royal :

« Madame,

« Je sors demain de cette maison où la santé m'a été rendue. Fidèle à ma promesse, je me permettrai de me présenter chez vous après-demain.

« En attendant, je vous prie d'agréer, ainsi que Mlle Véronique, l'expression de mes hommages très respectueux.   « Gaëtan Darnouville. »

— Ce n'est pas la même écriture, dit Véronique quand sa mère lui eût montré le billet.

— Ce n'est pas non plus la même signature...

Et elles restèrent songeuses toutes deux... l'une rêvant à l'avenir, l'autre pensant au passé.

★
★ ★

Gaëtan ne venait pas seul.

Il était accompagné de Berthorel, son témoin du duel, son ami, qui était aussi celui d'Anatole Gris-Lambert.

Sa première constatation, en revoyant Véronique, lui apporta une véritable joie.

La jeune fille supportait allègrement le choc de la rupture. C'est donc qu'elle n'aimait pas Anatole.

Alors, toutes les espérances pouvaient être permises à Gaëtan.

Aussi, radieux, plaida-t-il éloquemment sa cause.

D'ailleurs, on persuade facilement ceux qui ne demandent qu'à être convaincus... surtout quand on laisse parler son cœur.

Véronique écoutait Gaëtan avec complaisance... sa mère avec émotion...

La présence du jeune homme, de ce brave et sympathique garçon qui portait le même nom que celui qu'elle avait aimé autrefois, remuait délicieusement ses souvenirs.

C'était pour elle comme un renouveau de tendresse; et elle buvait délicieusement à cette source d'émotion. Car elle avait aimé l'oncle de Gaëtan. Seule, la volonté de ses parents, en la donnant à un autre, l'avaient séparée de lui.

Gaëtan fut donc complètement absous...

Il partit heureux... et invité à revenir bientôt.

**

— Ah! mon ami, disait-il à Alphonse Berthorel en sortant, quelle adorable personne que Véronique!...

— Et quelle gentille femme elle ferait pour toi?

— Je n'ose y penser...

— Et moi, j'ose le dire... Je n'ai plus aucun ménagement à garder vis-à-vis de Gris-Lambert, qui s'est conduit comme un mufle.

— Moi, je ne lui en veux pas, malgré son mauvais coup d'épée.

— Avoue que ce serait de l'ingratitude... puisqu'il te laisse la possibilité d'avoir cette enfant.

— Voudra-t-elle de moi?

— Je crois que la question ne se pose pas, comme on dit au Palais.

— Le jeune homme sourit et ajouta : A moins...

— A moins?

— Que tu ne tiennes pas à devenir son mari... Qui sait?

— Mais je l'aime, je l'aime comme un fou!

Après ce cri du cœur, Berthorel n'avait plus rien à dire...

★
★ ★

Deux mois après, Gaëtan Darnouville épousait Véronique Chanteroy.

Berthorel, cette fois, fut encore son témoin.

Mission infiniment plus agréable que le jour où il s'agissait de se trouer la gorge... à propos d'une vieille lettre oubliée dans un tiroir, d'une lettre aux pages jaunies comme des feuilles d'automne...

FIN

POUR PARAITRE VENDREDI PROCHAIN

Le Roman de Monique

par

Michel NOUR

— *Alors, mademoiselle Monique, si je vous demandais... si j'implorais de vous la grâce de m'accorder un dimanche, vous refuseriez?...*

— *Mais certainement, monsieur Raymond!*

— *Vous êtes une méchante, mademoiselle Monique!*

— *Mais non.... C'est vous qui êtes trop exigeant monsieur Raymond!*

(A suivre.)

Impr. d'Editions, 9, rue Edouard-Jacques, Paris

www.ingramcontent.com/pod-product-compliance
Lightning Source LLC
LaVergne TN
LVHW012221170726
843503LV00005B/2202